आकाशगंगा

"सपनो के सितारो की"

रेनू सिंह

BlueRoseONE.com
Stories Matter
NewDelhi • London

BLUEROSE PUBLISHERS
India | U.K.

Copyright © Renu Singh 2024

All rights reserved by author. No part of this publication may be reproduced, stored in a retrieval system or transmitted in any form or by any means, electronic, mechanical, photocopying, recording or otherwise, without the prior permission of the author. Although every precaution has been taken to verify the accuracy of the information contained herein, the publisher assumes no responsibility for any errors or omissions. No liability is assumed for damages that may result from the use of information contained within.

BlueRose Publishers takes no responsibility for any damages, losses, or liabilities that may arise from the use or misuse of the information, products, or services provided in this publication.

For permissions requests or inquiries regarding this publication, please contact:

BLUEROSE PUBLISHERS
www.BlueRoseONE.com
info@bluerosepublishers.com
+91 8882 898 898
+4407342408967

ISBN: 978-93-5989-138-5

Cover design: Muskan Sachdeva
Typesetting: Rohit

First Edition: January 2024

आकाशगंगा

.....सपनो के सितारो की....

अंधेरी रातों में दिखती सितारों से भरी धुंधली सफेद रंग की कतार। जैसे-जैसे रात गहराती है यह उतनी ही उजली दिखाई देती है। आसमान की काली रात का ख्वाब है जैसे यह आकाशगंगा।

ऐसे ही हर किसी के जीवन में भी एक आकाशगंगा होती है, सपनों के सितारों से भरी। छोटे-छोटे सपनों का हर किसी के दिल में आशियाना होता है और रात होने पर यह सपने बंद पलको से आंखों में झिलमिलाते लगते हैं।

कुछ धुंधले तो कुछ उजले होते हैं, ख्वाब तो बस ख्वाब ही है,

बड़े सुनहरे होते हैं।।

कहीं छिपे होते हैं मन के किसी कोने में , और रह-रह कर झांकते हैं,

पलको के झरोखों में।।

इन्हें झिलमिलाते ख्वाबों से ही तो जीवन रंगा है ,,,,,

आसमां की तरह, ख्वाबों के सितारों की,

हमारी भी एक आकाशगंगा है।।।

काकुगढ़ी..............पहाड़ों में बसा एक छोटा शहर हैं । चारों तरफ दूर तक अच्छी घनी हरीयाली हैं। लम्बे–लम्बे देवदार के पेड़ हवा मे झूमते गगन की ऊचाँई को छूते हुए दिखाई देते हैं। अंधेरे मे इन पेड़ पौधो के बीच मे कही कही जुगनुओं की रोशनी टिमटिमाती हुई दिखाई देती । रात में ये शहर घरो और सड़को मे होने वाली रोशनी से पहाडो के बीच जगमगाता दिखाई देता ।

इसी शहर की एक गली मे पुराने समय का बना एक घर ... ..श्री निवास। घर की इमारत दो मंजिला है। किसी समय इस घर मे कई लोगो की चहल पहल रहा करती थी। और आज.... आज तीन लोग ही है बस। पराग उसकी पत्नी जूही और बेटी तान्या।

जूही इस घर की बहु है। जूही सादगी पसंद और बुलंद इरादों वाली एक साधारण व्यक्तित्व की हैं। उसकी जिन्दगी में नामुमकिन जैसा कोई शब्द नहीं है। उसे लगता हैं काम कोई जो हो उसे करने मे पीछें नहीं हटना चाहिए। फिर चाहें नतीजा जो कुछ भी हों।

शाम के पांच बज रहे हैं, जूही, उसका पति पराग और बेटी तान्या तीनों गाड़ी से अपने घर पहुचते हैं। जूही का थकान भरा चेहरा देखकर पराग उससे चाय के लिए पूछता है.... जूही चाय पिओगी। चलों आज की चाय मै पिलाता हूं तुम्हें बनाकर।

जुही पराग की ओर मुस्कुराते हुए देखकर हामी भर देती हैं। वो बाहर कमरे मे सोफे पर जाकर बैठ जाती हैं। थोड़ी देर मे पराग अदरक वाली कडक चाय लेकर आता है, वो चाय को टेबिल पर रखता हैं। जुही अपने हाथों से अपनी आंखों को

ढ़के बैठी थी। पराग जूही के पास जाकर बैठ जाता हैं। और प्यार से उसके सिर को सहलाते हुए बोलता है, चाय पी लिजिए मैडम सारी थकान अभी फुर्र हो जाएगी । स्पेशल चाय बनाई है आपके लिए । जूही अलसाये अंदाज से उठकर चाय का कप अपने दोनो हाथो से पकड कर धीरे–धीरे घुंट से चाय पीने लगती हैं, की इतने मे अन्दर से तान्या आकर जिद करती है कि पापा मुझे कुछ काम है, प्लीज बाजार की तरफ ले चलों । पराग बोलता है की कुछ देर रूको फिर चलते हैं। मैं चाय खत्म कर लू पहले।

तान्या कहती है .....ठीक है पापा तब तक मै अपना कुछ काम करके आती हूं । पांच मिनट बाद तान्या वापस आती हैं। पराग जूही से भी बोलता हैं साथ चलने को पर जूही मना कर देती हैं। वो बोलती है मुझे अभी बहुत थकान भी हैं और दिन ढलने को है और फिर दिया बाती का भी समय होने वाला हैं। पराग तान्या के साथ चल देता हैं और जाते–जाते जूही को समझाते हुए निकलता हैं–मन को समझाने की कौशीश करों जूही एसे उदास मत हो। फिर पराग और तान्या गाड़ी मे बैठते है और निकल जाते हैं।

जुही धीरे से उठती हैं और दरवाजा बंद कर देती हैं। उसकी आंखों से आंसू गिरने लगते हैं मानों वो उसके अकेलेपन के इंतजार मे ही थे। ये आंसू जूही के उदासी के थें। आज उसका बेटा रोहन....... तान्या का बड़ा भाई अपनी हायर एजुकेशन के लिए बाहर दूसरे शहर गया। जूही के लिए ये बहुत खुशी की बात भी थी पर बेटे के बाहर जाने की उदासी भी थी। जूही इस बात को जैसे बहुत गहराई से महसुस कर रही थी या यू कहों की ये उसको तर्जुबा था कि जिन्दगी से जब भी कभी हम कुछ नया पाते है या जैसे–जैसे

हम एक पायदान एक.. सिढ़ी हम चढते है कुछ पाते भी है तो कुछ छूटता है, बिछड़ता भी हैं।

इतना बड़ा घर परिवार था कि सुबह से रात कब हो जाती थी जूही को पता भी नहीं चलता था। बहुत प्यार दुलार से समेटे हुए चलाया था ये परिवार और आज इतना अकेलापन महसुस हो रहा हैं। और पिछले 6–7 महिने से तो बिल्कुल फुर्सत नहीं थी, रोहन की पढ़ाई को लेकर कुछ ना कुछ लगा ही रहता था। कुछ शारीरीक कुछ मानसिक थकान से जूही थकी हुई थी।

ष्शाम ढल रही थी । अंधेरा होने लगा था। वो सारे घर की लाइट जलाती है और अंदर अपने कमरे की और जाने लगती हैं, साइड में ही रोहण का कमरा था वो उसके कमरे में जाती है और बेड़ पर फैले हुए कुछ पुराने कपड़े जो रोहण नहीं लेकर गया था। उन्हें तहकर उसका बिस्तर सही करती हैं। अलमारी खोलती है तो खाली अलमारी देखकर सोचने लगती है अबकी गया है बाहर पढ़ने अब तो बस छुट्टीयों में ही आया करेगा कुछ सामान लेकर। फिर पढ़ाई के बाद बाहर न जाने कहा नौकरी लग जाएगी, फिर कब आयेगा इस तरह पहले जैसे रहने, कब फिर ये अलमारी भरेगी, सामान बिखरेगा।

जिंदगी को जीते हुए हम बचपन को पीछे छोड़ आते है....

उम्र के एक पड़ाव पे ठहरे हुए बसंत मे...

गुजरे जमाने के वो पतझड़ भी याद आते है।।।।

शायद जिंदगी का वो पल हम जी चुके वो पन्ना अब खत्म हो गया। बच्चे बड़े हो गये। सोचते हुए जूही वहां से निकलकर अपने कमरे में आ जाती हैं। और अपने कमरे की खिड़की पास रखी कुर्सी पर आ बैठती हैं। हल्का अंधेरा हो गया था।

पैरों के सहारे से पास रखे एक छोटे स्टूल को वो अपने नजदिक सरकाती है और दोनों पांव उस पर रखकर कुर्सी पर अधलेटी हो जाती हैं।ठंडी–ठंडी हवा के झोंके उसे छुकर निकल रहें थे। जूही की आंखे थकान से अधमुंदी सी हो रही थी। बहुत इत्मिनान तो महसुस हो रहा था। कि चलो रोहण का बढ़िया कॉलेज मिल गया।

बारिश का मौसम चल रहा था और आज बहुत दिनों बाद आसमान साफ दिख रहा था। एक–एक सितारा नजर आ रहा था। आज चाँद ने अभी दस्तक नहीं दी थी आसमान में। हालांकि बिना चाँद के रात बेनूर सी लगती है.........पर सच तो ये भी है कि बिना काली रातो के वजूद भी नही उसका । काली रात के आंचल मे ही तो आके , चांदनी छा जाती है बलखा के । गुजारने राते जुदाई की दूर बैठा वो महबूब बनके।।...

अंधेरी रात में सितारों ने भी बारात सजा रखी थी थोड़ी –थोड़ी दूर पर तारों की झुरमुट दिखाई दे रहे थे। कहीं एक अकेला सितारा भी था, भरपूर रोशनी लिए । ये सितारे आसमान के अंधेरे को तोड़ रहे थे । जूही को शुरू से रात में आसमान देखना बहुत पसंद था। चाँद, सितारे, और अंधेरे मे जुगनु की चमक बहुत ही लुभाते थे। जूही को लिखने का भी शौक था। कभी – कभी जब समय हुआ करता था वो देर रात तक डायरी लिखती थी मनपसंद गाने सुना करती थी।

''''एक लंबा सफर तय कर आए , एक अरसा भी बीत गया , बहुत खूबसुरत होती है यादे , मीलो दूर तक साथ ही चलती है , साये भी अंधेरो मे खो जाते है, ये अंधेरो मे और पास आती है।. बारिश की फुहार सी यादे हर लम्हा जहन को भिगोती है ,ये यादे भी कब फुरसत की मोहताज है ,शहर की भीड़ मे भी आंचल थामे साथ चलती है।.....

जूही आसमान की और देखते हुए गहरे ख्यालों में खो जाती है कि कैसे पलक झपकते ही वक्त बीत जाता है। पहले पराग से शादी फिर रोहण जिंदगी मे आाया , फिर चलना सीखा फिर स्कूल का पहला दिन और फिर.....अब बारहवी पास करके कॉलेज की पढ़ाई के लिए भी गया। ये समय पता ही नहीं चला कब बीत गया इतनी जल्दी।

वक्त सच में मुठ्ठी से रेत सा फिसलता हैं। एक समय वो भी था जब मैंने बारहवी पास की थी । हां सफर तो खुद के बारहवी पास आउट होने के बाद का भी नहीं पता चला। आज भी सोचे तो लगता है अभी कुछ दिनों की ही तो बात है। अपने अतीत के बारे मे सोचते हुए उसके चेहरे पर हल्की सी मुस्कान आ जाती है। तब पढ़ाई के लिए विकल्प कम हुआा करते थे। कॉलेज की पढ़ाई के लिए तो बाहर जाना ही नहीं होता था। अपने शहर के कॉलेज में ही दाखिला ले लिया करते थे। बस यही सब कुछ सोचते जूही अपने बीते समय की यादो में खो जाती हैं। बहुत पक्के इरादों वाली थी जूही। जो सोचती थी उसे करने का ठान ही लेती थी।

उसे आज भी याद है......अपने श्याम नगर के दिन.....। श्याम नगर जूही का ष्शादी से पहले वाला घर यानी उसका पीहर। श्याम नगर भी एक पहाडी इलाका है। काकूगडी से श्याम नगर का रस्ता दो ढाई घंटे का ही था।

बारहवीं करने के बाद जूही ने कॉलेज मे एडशिन के लिए फार्म भरा था। उसके दाखिले की सूची लगी थी। वही सूची देखने जूही कॉलेज गयी थीं । बहुत भीड और चहल पहल थी कॉलेज में। उन दिनों वहाँ पढ़ाई के लिए ट्युशन स्कूल कम थे और कॉलेज तो दो ही थे एक लड़कों का और एक लड़कियों का । जूही अपनी सहेली नलिनी के साथ कॉलेज पहुँचती हैं।दोनों ही बहुत ही साधारण से लिबास में थी बड़ी मोहरी का

सलवार, वी गले का कुर्ता फुलकारी वाला, और एक कंधे से दूसरे कंधे को ढ़कता हुआ दुपट्टा, पैरों में बैलीज। न घर वाले इजाजत देते वेस्टर्न कपड़ो की न दोनों की पसंद में शामिल थे। लिस्ट वाले बोर्ड के सामने बहुत भीड़ थी। लिस्ट लंबी भी खूब थी। जूही इतनी भीड़ में कैसे देखेंगे अपना नाम..... लगता है कुछ समय लगेगा – नलिनी ने कहां हम इंतजार करते है, जब थोड़ी भीड़ कम होगी तब लिस्ट देख लेंगे, तब तक वहा बैंच पर बैठते हैं। कहते हुए नलिनी जूही का हाथ पकड़कर खींचते हुए बैंच पर आकर बैठ जाती है । पर जूही को कहां सब्र था। थोड़ी ही देर में वो खड़ी होती है और बोलती है में कौशिश करती हूँ तुम बैठो मैं अभी आई नलिनी, कहकर जुही बोर्ड के सामने पहुंच जाती हैं।

बहुत धक्का मुक्की थी भीड़ में। थोड़ी देर तो जूही खड़ी रहती है फिर भीड़ में घुसने की कौशिश करती है। उसकी नजर पूरी तरह से बोर्ड पर थी धक्का मुक्की में वो आगे निकल जाती है। बोर्ड पर जल्दी – जल्दी नजर ऊपर से नीचे की और दौड़ा रही थी की अचानक भीड़ के धक्के से नजर हट जाती है। वो फिर् से देखना शुरू करती है। कुछ नम्बरो के बाद जूही का नाम था। बस थोड़ी नीचे नलिनी उसकी सहेली का भी। बस जैसे तैसे भीड़ में से अपने आप को खींचते हुए जूही बैंच पर बैठी नलिनी के पास पहुँचती है । और खुशी से बताती है की हम दोनों का नाम लिस्ट में है। थोड़ी देर दोनों सहेलियां बैंच पर बैठती है। कॉलेज की आगे के लिए पढ़ाई के लिए कुछ बाते करती है। जूही नलिनी से कॉलेज देखने के लिए बोलती है । कॉलेज के अंदर जाकर दोनो सारी कक्षाएं देखते हुए आगे बढ़ती जा रही थी ये विज्ञान ये आट्र्स यानी यानी हमारी और ये कॉमर्स की कक्षा हैं। थोड़ी दूसरी तरफ हटकर लाइब्रेरी और साइंस लैब हैं। बाद में एक बहुत बड़ी

जगह थी गार्डन की जगह जहां कैंटीन बनी हुई है। आज कैंटीन में भी बहुत आवाजाही लगी थी । दोनों हंसते हुए बोलती है अभी तीन साल यही रहना है। फिर तसल्ली से बैठेंगे कभी और दिन कैंटीन में।कहते हुए आगे कॉरिडोर से निकलती हुई फिर से कॉलेज के फ्रंट में आ जाती है। और घर निकलने की बात करती हैं ।

दोनों अगले दिन 9 बजे सुबह मिलने का प्लान करती है। क्योंकि फीस जो जमा करनी थीं। कॉलेज के मैन गेट से निकलते ही एक चुस्की वाले का ठेला दिखता है। फिर क्या था कॉलेज एडमिशन का कुछ जश्न तो होना ही चाहिए कहकर दोनों चुस्की खरीदती है और मजे से खाती है । सच में खुशियाँ उन दिनों ज्यादा खर्चे नहीं मांगती या यूं कहो बहुत आसानी से मिल जाया करती थी। पहले हमें छोटी – छोटी बातों में खुशियां ढूंढ़ना आता था। हम हर पल को जीते थे।

बडी बडी खुशीयो की आस मे हम छोटे छोटे मीठे पलो को नजरअंदाज कर जाते है ।

ढुंढने पर भी नजर नही आते ये] महसूस करो तो आस पास मिल जाते है।।।

कभी देखा है तितली और भंवरो को फूलो पे मंडराते हुए ।

महज ये मंजर देखकर ही हम मुस्का जाते है ।

और बारीशो मे जो छू के निकले ठंडी हवा ।

उन बूंदो की छमछम मे कदमो को कहा रोक पाते है।।।

सुना है बडे दिलकश होते है पहाडो के शहर , फजाओ मे उनकी रूमानी हो जाते है ,,,,

पर छोटी सी बगिया मे कोहरे से झांकती सर्द सुबह मे

इत्मीनान भरे चाय की चुस्कियों भरे पल भी सुकुन दे जाते है।।

फितरत एसी ही है कुछ जहां की

पाने को खुशी हम मन की कब कर पाते है

क्यो न बांटकर ही इसे पा ले , खरीदे तो सौदे करने पड जाते है।।

बडी-बडी खुशीयो की आस में हम छोटे छोटे मीठे पलो को नजरअंदाज कर जाते हैं।।।।

नलिनी को अपनी स्कूटी से घर छोड़कर जूही आगे अपने घर की और चल देती है। नये कॉलेज में आने की नयी –नयी उमंग थी। जाने कितने सपने अपने आगे की पढ़ाई को लेकर बुनती हुई वो कब घर पहुंच जाती है उसे पता ही नहीं चलता। पढ़ने का बहुत शौक था जूही को। नये –नये कोर्स वो पता लगाया ही करती थी।

घर आकर अपनी माँ को कॉलेज में अपने दाखिले के बारे मे बताती है । और माँ से कहती हे कि बाबा आए तो उनसे फीस की भी बात कर लेना क्योंकि कल ही जमा करनी है फीस। और हां माँ किताबे भी खरीदनी होगी।

जूही के परिवार में माँ बाबा के अलावा उसकी दो छोटी बहने भी थी ...मिठु और छोटी । शाम को बाबा आते ही जूही को आवाज लगाते है जूही –जूही क्या रहा तुम्हारी कॉलेज मे दाखिले का बेटा। जूही अंदर रसोई में माँ के साथ खाना बनाने में मदद कर रही थी और कॉलेज की बाते बताई जा रही थी । बाहर डाइनिंग टेबल की कुर्सियों पर उसकी दोनों बहने भी बड़े मजे से जूही कॉलेज की बाते सुन रही थी । बाबा की आवाज सुनते ही जूही चुप हो जाती है और बोलती है, हा बाबा अभी आती हू। तब तक बाबा अंदर डाइनिंग रूम तक आ जाते हैं। और वो भी वहीं बैठ जाते है। फिर जूही से उसके दाखिले और कॉलेज के बारे में बाते करने लगते है।

जूही बड़ी खुशी से बाबा को भी बताती है और उनसे फीस किताबो की बाते करती है। बाबा जूही के सिर पर हाथ रखकर उसको आशीर्वाद देते है खूब पढ़ो मेहनत करो आगे बढ़ो।

जूही को प्यार से समझाते हुए कहते है बेटा अब कॉलेज में तुम्हारा नया माहौल होगा नये लोग मिलेंगे पहले जैसे पाबंदीया भी नहीं होगी तो थोड़ा ध्यान से रहना। मेरी नौकरी मे बाहर आना जाना लगा रहता हैं।तुम तीनों बेटियां मेरी शान हो। मेरे जीने का सहारा हो। तुम सही राह पर चलोगी तो छोटी बहने भी सही रहेगी। ऐसा कोई कदम नहीं उठाना जिससे मुझे शर्मिंदा होना पड़े। बाहर कोई भी बात हो सबसे पहले माँ को आकर बताना और हां किसी से भी गलत बात पर डरने की तो बिलकुल भी जरूरत नही , कहते हुए बाबा जूही के गाल पर प्यार हाथ थपथपाते हैं। जूही बडे गौर से अपने बाबा का चेहरा देखे जा रही थी और उनकी बातो मे छीपे एहसास को समझने की कौशिश कर रही थी।

थोडी ही देर मे माँ बाबा के लिए चाय ले आती हैं। बाबा जूही को बोलते है... बेटा सुबह में तुम्हें किताबो के फीस के सब पैसे दे दूँगा और हां अपने लिए कुछ कपड़े भी ले आना कॉलेज में पहनने के लिए।

अगले दिन सुबह जूही जल्दी उठती है और माँ के साथ काम में हाथ बटाने लगती हैं, बाबा जूही को कॉलेज फीस के पैसे और थोड़े अलग से भी देते हैं। थोड़ा कुछ समझाते है फिर ऑफिस के काम से चार पांच दिन के टूर पर शहर से बाहर चले जाते हैं।

जूही जल्दी से कॉलेज के लिए तैयार हो जाती है और अपनी स्कूटी लेकर नलिनी के घर पहुँचती है।स्कूटी का हॉर्न बजाती है तो नलिनी बाहर आ जाती है।नलिनी स्कूटी पर पीछे

बैठ जाती है, दोनों ही जल्दी कॉलेज पहुंचकर फीस जमा कर देती हैं। नलिनी जूही से कॉलेज कैंटीन में चलने के लिए बोलती है । कैंटीन पहुंचकर मेन्यू कार्ड में सभी चीजे देखती है, फिर चाय समोसा खरीद लेती हैं।

जूही मजाक के अंदाज में बोलती है यार समोसा तो बहुत ही खाए पर आज जैसा समोसा शायद कॉलेज केंटीन का है तो ज्यादा स्वाद आ रहा है ...कभी नहीं खाया और हंस पड़ती हैं। काफी देर दोनों हंसी मजाक की बातें करती रहती है, वही टेबल पर बैठकर। फिर कुछ देर बाद उठकर बोलती है चलो किताबें भी आज ही देख लेते है।

उस शहर के एक स्टोर जाना माना स्टूडेंट बुक डिपो। ये पुराने शहर में हुआ करता था। रस्ता भी संकरा था और गली में टू व्हीलर पार्किंग भी मुश्किल से मिलती थी। इस दुकान मे सेकण्ड हैण्ड बुक भी मिलती थी। ज्यादातर स्टूडेंट पुरानी किताबें यहां कम दाम में बेचते और बदले में भी सेकण्ड हैण्ड किताबें ले जाते थे। काफी सस्ता पड़ता था।

दोनों नलिनी और जूही बुक स्टोर पर पहुंचकर थोड़ा आगे जाकर किनारे से स्कूटी पार्क कर देती हैं। बुक स्टोर पर बहुत भीड़ थी क्योंकि कॉलेज शुरू हो रहे थे तो स्टॉक खत्म नहीं हो जाए इस डर से सब पहले ही किताबें खरीद रहे थे। जोर से चिल्लाकर उन्होंने भी अपनी किताबें निकलवाई और पैसे देकर वापस घर की और चल दी। नलिनी को घर उतारकर जूही को घर पहुँचते चार बज गये थे। जब वो घर पहुंची तो माँ आराम कर रही थी और दोनों बहने अपनी पढ़ाई कर रही थी ।

वो कमरे में जाकर धीरे से म्यूजिक ऑन करके अपने पसंद के गाने लगाती है और अपने बेड पर आराम करने लेट जाती हैं।

जूही घर में जितनी देर भी रहती म्यूजिक ऑन ही रखती थी। उसे गाने सुनते हुए, काम करना, या खाना खाना या आराम करना अच्छा लगता था यहां तक की आधी रात में कभी नींद खुल जाती तो भी धीमी आवाज मे वो अपना स्टीरियो ऑन कर लिया करती थी।

शाम की चाय बनाकर माँ के पास पहुँचती है और उनको उठाती हैं।माँ से दिल खोलकर कॉलेज के किस्से सुनाती है और बताती है की माँ बस अब रोज कक्षा लगा करगी तो जाना ही होगा कॉलेज। माँ भी कहती है अच्छे से पढ़ाई करना।

अब जूही की फर्स्ट ईयर की क्लास शुरू हो चुकी थी। शुरू–शुरू में तो बहुत शौक से पढ़ाई शुरू की। रोज कुछ नया – नया कॉलेज में होता रहता तो मजे भी आ रहे थे। लेकिन धीरे – धीरे एकसार सा लगने लगा था क्योंकि पढ़ाई करने के लिए न कोई बोलने वाला न रोकटोक करने वाला। कॉलेज का माहौल स्कूल से बिल्कुल अलग था। जूही को तो बस पढ़ाई से ही मतलब था तो पढाई ज्यादा न होने से उसे बोरियत होने लगी उसने नलिनी को कई बार कहा कुछ अलग भी करना चाहिए पढ़ाई के लिए। इस तरह से अच्छी पढाई नही कर पाएंगे।

पर पढाई के मामले में नलिनी के दायरे बहुत सीमति ही थे। वो अक्सर यही कहती की घर के पास एक लेक्चरर है उन्हीं से कोचिंग कर लूगी बस इतने में हो जाएगी पढ़ाई। पर जूही के तो सपने अलग ही थे पढ़ाई को लेकर वो कुछ बनना चाहती थी। कुछ करना चाहती थी। जिस उम्र में लड़कियां राजकुमार के सपने देखती है उस उम्र में जूही अपने ऊचाइयों को छूने के.. सपने साकार करने के देखती थी।

वो बाबा के टूर से वापस आने का इंतजार करती है।जब बाबा टूर से वापस आ जाते है तो जूही माँ बाबा से अपनी कोचिंग की बात करती हैं।वो बाबा को बताती है कि कॉलेज में पढ़ाई नहीं हो रही हैं तो कुछ समझ नहीं आ रहा कि पढ़ाई कैसे की जाए।इसके लिए अलग से कोचिंग लेनी ही पड़ेगी। बाबा बोलते है ठीक है जूही जो कोचिंग तुम्हें सही लगे बता देना वहाँ चलकर कल बात कर आएंगे।

अगले दिन जूही कई लोगो से पता करती है कि बेस्ट कोचिंग कोनसी रहेगी। फिर किसी से पता चलता है की शहर के मेन मार्केट से थोड़ा आगे जाकर कोचिंग सेंटर है वहां अच्छे सीनियर लेक्चरर क्लासेज देते हैं।

सब पता करके जूही भी बाबा के साथ जाकर वहां बात करके आती हैं।लेक्चरर से बात करके बाबा को भी अच्छा लगने लगता है और तसल्ली भी हो जाती है जगह को लेकर, लोगों को लेकर, की सब सही हैं।

बस जल्दी ही जूही की कोचिंग की पढ़ाई शुरू हो जाती है। वो अच्छे से मन लगाकर पढाई करने लगती है। पढ़ाई के अलावा वो दूसरी बातों में बिल्कुल भी ध्यान नहीं देती। कॉलेज और कोचिंग के बाद भी उसके पास अच्छा खासा समय बच जाया करता। तो उस ने घर पर ही छोटे कक्षा के बच्चों को ट्यूशन पढ़ाना शुरू कर दिया। इससे उसको भी कुछ जेब खर्ची मिल जाती थी। और पढ़ाने में भी जूही को बहुत खुशी मिलती थीं

धीरे धीरे साल बीत रहा था। एक दिन कोचिंग सेंटर में आगे की पढ़ाई को लेकर आपस में सभी मे बातचीत होती है। किसकी क्या प्लानिंग है वगैरह वगैरह.... इन्ही सब बातो के चलते वहां उसे लेक्चरर से पता पड़ता है कि ग्रेजुएशन करते

हुए भी बहुत सी प्रतियोगी परीक्षाएं दी जा सकती है। जूही ने इस बारे में कई सवाल किए लेक्चरर से इन प्रतियोगी परीक्षाओं को लेकर और उनके फॉर्म भरने के बारे मे। जूही को पढ़ने का बहुत शौक था उसने भी पढ़ाई के साथ-साथ प्रतियोगी परीक्षाएं देने की ठान ली। फिर क्या था जूही बुक डिपो पर जाती है और वहां पर दुकानदार से पूछ पूछ कर उन प्रतियोगी परीक्षाओं की किताबें अपनी जेबखरची से बचाए पैसो से खरीदती है। अपनी पढ़ाई के साथ-साथ प्रतियोगी परीक्षाओं की भी वह पढ़ाई करना चाहती थी। लेकिन श्याम नगर में उन दिनों पढ़ाई के लिए ज्यादा सुविधाएं नहीं हुआ करती थी पर अब तो वहां पर बहुत अच्छे-अच्छे स्कूल और कोचिंग सेंटर खुल गए हैं। अब जूही के मन में सवाल था कि अगर वह प्रतियोगी परीक्षाओं की तैयारी करें तो कैसे करें? उसे उसमें थोड़ा सा सुझाव भी चाहिए उनके बारे में कोई समझाने वाला भी चाहिए या कोई कोचिंग......

अगले दिन जूही ने अलग-अलग जगह पर बात की लोगों से पूछा पर जो वह करना चाहती थी उसके लिए दूसरे बड़े शहरों में कोचिंग हुआ करती थी, श्याम नगर में उसके लिए कोई क्लासेस नहीं थी। पर जूही भी हार मानने वालो मे से नहीं थी। शुरू से ही एक अलग ही जज्बे वाली लड़की थी। अगर ठान लिया दिमाग में तो कुछ ना कुछ करना ही है इससे फर्क नहीं पड़ता कि हार हो जीत, पसंदीदा है या नापसंद... बस करना है तो करना है। जूही ने दिन रात एक करके फस्ट ईयर की अपनी पढ़ाई की और साथ ही प्रतियोगी परीक्षाओं की तैयारी भी शुरू कर दी।

पहले उसने फर्स्ट ईयर की परीक्षा दी। फिर उसके तुरंत बाद ही उसने अपनी प्रतियोगी परीक्षा भी दी और नतीजा यह था कि वह दोनों ही परीक्षा में बहुत अच्छे अंकों से पास हो

गई। लेकिन वो समझ नहीं पा रही थी कि प्रतियोगी परीक्षा में पास होने की वह खुशी मनाए या दुख क्योंकि जब उसने अपने बाबा को बताया घर पर कि वह पास हो गई है तो बाबा खुश तो बहुत हुए पर उनका कहना था कि आगे की पढ़ाई वह यही अपने शहर में रहकर ही कर सके तो करें वरना शहर के बाहर वह नहीं भेज सकते हैं।

इस प्रतियोगी परीक्षा की आगे की पढाई इस शहर के बाहर ही जाकर हो सकती थी।श्याम नगर में इसके लिए कोई इंस्टीट्यूट नहीं था। जूही के बाबा वैसे तो एक बड़े ओहदे पर थे उनको जूही को पढ़ाने में इतने भी पैसे की कमी नहीं महसूस हो रही थी पर उसके बाबा बिल्कुल नहीं चाहते थे कि समाज में कोई भी उनकी बेटी को लेकर कोई बात बनाए या उन्हें कोई शर्मिंदगी महसूस करनी पड़े। वह धीरे से जूही की मां को बोलते हैं कि वह जूही को प्यार से इस बारे में समझाएं। थोड़ा बाबा की चिंता, थोड़ा खौफ बस दोनों बातों में जूही को आगे बढ़ने से रोक लिया। जूही ने अपने दिल को दिलासा दिया यह नहीं तो कोई और राह सही। हां पर दिल को तसल्ली भी थी खुशी भी थी कि बिना कोचिंग किए खुद के बल पर पढ़ाई करके एंट्रेंस तो पास कर ही लिया था। अपने जज़्बे पर बहुत फक्र महसुस कर रही थी। अपनी पढाई वाली टेबल पर बैठी अपने पढने के लिए बनाए नोट्स को बार बार देखती फिर रख देती की किस तरह पढाई की थी इस परीक्षा की। तकलीफ बहुत हो रही थी बाबा के इस फैसले से पर दिल को मना लिया था उसने। इस बारे मे बहुत देर तक सोचती रही फिर सब बातो को एक बार दिमाग से हटाकर वापस अपने अगले साल की सेकंड इयर की पढाई के बारे मे सोचने लगती है। कुछ दिन तो जुही का मन नहा लगता। पर

उसे लग रहा था कि खुशी पूरी हो या अधुरी ...मना तो लेनी ही चाहिए।

कभी जब दिल की मुराद जो पूरी हो जाए,

आंखे नम करने को बूंदे जो बह आए ,

न उन बूंदो पे पलको के पहरा कीजिए,,,

मुख्तसर सी है जिंदगी..... जरा खुशीयो को भी छलकने दीजिए..

जाने अंजाने से डर रातो को जो घिर आए..

नींदे भी आने से घबराए..

वो अंजाने डर से जरा किनारो की कौशिश कीजिए...

मुख्तसर सी है जिंदगी... दामन एक आस का जरा थाम के रखिए ।।

खामोशी से चलते न राहो को ऊबाऊ कीजिए..

मनपसंद गीतो की धुन भी कभी गुनगुना लिजिए...

और कुछ नही तो करके बंद आंखे दिल की आवाज़ सुनिए...

मुख्तसर सी है जिंदगी... छोड के परवाह जमाने की एक दिन तो अपने नाम कर लिजिए।।

आसमां कभी जब सितारो से भर जाए...

टिमटिमाहट मे उसकी एक नजर टिक जाए...

मांग लेना दुआ जो टूटता तारा नजर आए...

मुख्तसर सी है जिंदगी... नजर न लग जाए इसे... आंचल मे मुरादो की एक गांठ बांध लिजिए ।

कॉलेज का यह साल कैसे निकल गया कुछ पता ही नहीं चला सेकंड ईयर के लिए भी फॉर्म भरे जा चुके थे और उसके लिए भी पढ़ाई शुरू हो चुकी थी।

जूही भी कॉलेज जाना शुरू कर देती है लेकिन पिछले साल की तरह इस बार भी रोज क्लासेस लगती, अटेंडेंस होती और बस क्लास ओवर हो जाया करती कुछ गर्ल्स लाइब्रेरी में बैठी रहती कुछ कैंटीन में और कुछ बाहर बैठी रहती है कालेज के गार्डन में। कभी कभार कोई पढ़ाई की क्लासेस हो जाया करती थी। वैसे कॉलेज में पढ़ाई का कोई बंधन नहीं था। जूही को अपना स्कूल टाइम याद आ जाता है कि कैसे वहां पर जोर जबरदस्ती और नियम कायदो से पढ़ाई करवा दी जाती थी। बच्चों के मन में पढ़ाई का डर भी होना बहुत जरूरी है तभी पढ़ाई होती है लेकिन एक उम्र के बाद... एक उम्र के बाद जिम्मेदारी कुछ तो समझनी भी चाहिए। कोई हमेशा थोडी उंगली थामे साथ देगा। कभी तो बडा होना होगा। अपने आप पढ़ाई की आदत भी होनी चाहिए लेकिन यहां कॉलेज में आकर कुछ लोग तो पढ़ाई की तरफ निकल जाते हैं और कुछ लोग अपनी दूसरी चीजों में ज्यादा समय बिताते है।

जूही ने सोचा क्यो ना अबकी बार घर में ट्यूशन लेने की जगह किसी कोचिंग सेंटर में कोचिंग देना है शुरू करें। इसलिए उसने कई कोचिंग सेंटर पर अपने रेस्युम दिए थे। पर उसने यह बात पहले बाबा को नहीं बताई थी लेकिन एक दिन जब एक कोचिंग सेंटर से उसके पास इंटरव्यू का कॉल आ जाता है तब उसको लगता है कि पहले यह बात बाबा से बतानी चाहिए। बाबा अभी काम के सिलसिले में बाहर गए हुए थे जो देर रात तक लौट कर आने वाले थे। वह देर रात तक जाकर बाबा के आने का इंतजार करती है क्योंकि इंटरव्यू के लिए उसको अगले दिन ही बारह से तीन के बीच में जाना था। रात होती है सब खाना खा लेते हैं लेकिन जूही खाना नहीं खाती है। वह बाबा का इंतजार कर रही थी। मां पूछती भी है कि जूही क्या बात है आज भूख नहीं लगी क्या। आज

कैसे खाना नहीं खाया है। जूही बोलती है कि मां मुझे कुछ बात करनी है बाबा से। बाबा आ जाए पहले एक बार मैं उनसे बात कर लूं फिर हम मिलकर खाना खा लेंगे मां। इतने में दरवाजे पर दस्तक होती है, जूही दौडकर दरवाजा खोलती है, अक्सर बाबा के देर रात मे आने पर जूही कमरे मे ही मिलती थी, बाबा खुद जाकर अपनी तीनो बेटीयो से मिलते प्यार करते थे। पर आज इतनी रात गये जूही को सामने दरवाजे पर खडा देख बाबा पूछते हैं अरे आज कैसे इतनी देर रात तक जूही इंतजार कर रही है हमारा। मां बोलती है आज जूही को आपसे कुछ बात पूछनी है इसलिए वह आपके साथ खाने के लिए बैठी है। आज वह आपके साथ ही खाना आयेगी। बाबा कहते हैं ठीक है... खाना लगाओ मैं जरा मुंह हाथ धोकर और कपडे बदलकर आता हूं। बाबा कपडे बदलकर आते हैं। मां बाबा और जूही तीनों डाइनिंग टेबल पर खाना खाने बैठते हैं बाबा पूछते हैं हां जूही अब बताओ क्या बात है... जूही थोडा सा धीमे सी आवाज मे बोलती है कि बाबा मैं कोचिंग सेंटर के लिए रेस्युम दिया था। वहां पर मुझे कल इंटरव्यू के लिए बुलाया है। आप बताइए की क्या मैं कोचिंग सेंटर में पढ़ाने जा सकती हूं। बाबा बोलते हां हां क्यों नहीं तुम्हें अगर लगता है कि तुम पढ़ा सकती हो तो तुम जरूर जाओ। मैं भला इसमें क्यों मना करूंगा बस थोड़ा सा ध्यान रखना जूही जमाने के बारे में तुम भी अच्छे से जानती हो, लोग बाहर सब अच्छे नहीं होते हैं। थोड़ा सोच–समझकर किसी पर विश्वास करना हर कोई विश्वास के काबिल नहीं होता है। जूही खुशी से बोलती है हां हां बाबा बिल्कुल, मैं ध्यान रखूंगी आप जो बोल रहे हैं आपकी सब बात मानूंगी फिर जूही कहती है ठीक है बाबा फिर मैं कल कोचिंग सेंटर में इंटरव्यू के जाऊंगी और खाना खाकर तीनों ही उठ जाते हैं और सोने चले जाते हैं।

रात भर जूही को बेचैनी में नींद नहीं आती है वो बार बार रात मे आकाश पर चमकते सितारो को देखती जा रही थी। इस आसमान मे कही जूही का भी सपनो का सितारा छिपा रखा है। वो भी कही न कही चमक रहा होगा पर दिखाई नही दे रहा। बस ऐसे कुछ सोचते ख्वाबो को बुनते उसे झपकीयां आने लगती है। पर चिंता भी सता रही थी कि पता नही कल क्या होगा। सुबह उठकर कॉलेज जाने के बाद जब इंटरव्यू देने पहुंचेगी तो वहां पता नहीं क्या–क्या सवाल पूछे जाएंगे वो लोग उसे सलेक्ट करेगे भी या नही। और भी न जाने कितने सवाल उसके जहन मे चल रहे थे।

......बैठ एक रात झरोखे पर मन आसमान की ओर उड़ चला ,आंखो मे सज रहा एक खवाब फिर आज जुगनु सा चमकने लगा।

नीमबाज आांखो मे सितारे धुंधला रहे थे ,पर दूर बैठा एक लुटेरा ,

हां वही चांद अब धीरे धीरे आगे यूं बढा , कि आसमां को बाहों मे भरने लगा।

कितने सुकुन लिए ये समां ,न कोई चारो ओर.......न कोई शोर

बस कानो मे ठंडी हवा गुनगुना रही थी ,

झोका ये ठंडी हवा का नींद से जगाने लगा ।

जैसे जैसे रात गहरा गयी ,तकते तकते आस़मां को , पलके नींद की आगोश मे आ गई....जो मंजर झरोखे से नजर आ रहा था ,अब बंद आाखो मे दिखने लगा।।......

अगले दिन सुबह जब जूही की दोनों बहने स्कूल के लिए जागती है तो जूही भी उनके साथ जाग जाती है वह

जल्दी–जल्दी मां के साथ काम में हाथ बटाती है फिर कॉलेज के लिए तैयार होने लगती है जाते हुए वह एक आवाज लगाते हुए जाती है की मां आज मैं पहले कॉलेज और फिर उसके बाद इंटरव्यू देने जाऊंगी याद है ना मैंने कल रात में बताया था, तो मुझे थोड़ा देर हो जाएगी। मां जूही को समझाते हुए बोलती है ठीक है पर ज्यादा देर नहीं करना जूही, नहीं तो चिंता लग जाती है। ठीक है मां कह कर जूही निकल जाती है। कॉलेज पहुंचकर वो पहले अपनी क्लासेस अटेंड करती है फिर वहां से साढे बारह बजे निकलकर फोन पर बताए गए पते पर पहुंच जाती है। बाहर एक बहुत बड़ा सा बोर्ड लगा हुआ था इस पर लिखा था आर. के. कोचिंग इंस्टिट्यूट। वह अंदर जाती है अंदर एक बड़ा सा हॉल था और हाल के एक किनारे विजिटर चेयर्स लगी हुई थी। साइड में एक तरफ रिसेप्शन था। रिसेप्शन पर जाकर वहां बैठे लड़के को वह अपना नाम बताती है और अपने अपॉइंटमेंट के बारे में बताती है। वह लड़का जूही को वहां बैठने को कहता है और अंदर ऑफिस में जाता है जूही बाहर बैठी चारों ओर नजर घूमती है साइड में क्लास रूम से पढ़ाने की आवाज़ आ रही थी वह धीरे से इधर उधर कुछ झांकने की कौशिश करती है और अंदर ही अंदर थोडा घबरा भी रही थी। पर फिर खुद को मन ही मन समझाती है.. ठीक है कुछ सवाल ही तो पूछेंगे.. बता पाई तो ठीक नही तो क्या करना कही और कौशिश करेगे। केवल पूरे शहर मे ये एक ही थोडी है। घबरा मत जूही.. बेझिझक इंटरव्यू देना।.....इतने में वह लड़का वापस आता है और जूही को ऑफिस में जाने को बोलता है। जूही उठकर ऑफिस की तरफ बढ़ती है और पूछती है.... मे आई कम इन सर........ अंदर कुर्सी पर बैठे सर से पूछती है। सर उसे अंदर आने को बोलते हैं एक नजर जूही के रिज्यूम पर डालते हैं। सर उसके एकेडमिक स्टडीज की तारीफ करते हुए बोलते हैं आपकी टॉप क्लास

क्वालिफिकेशन को देखते हुए हम आपको 9वी क्लास की इकोनॉमिक्स पढ़ाने के लिए अप्वॉइंट करते हैं। आपको अगले महीने की 1 तारीख से यहां टीचिंग शुरू करनी है। जूही.. थैंक यू सर बोलती हैं और तेज कदमों से कोचिंग सेंटर के बाहर आ जाती है उसकी खुशी का कोई ठिकाना नहीं था अपनी स्कूटी से वो जल्दी–जल्दी घर पहुंचती है और मां पिताजी को अपनी जॉब के बारे में बताती है अब जूही कॉलेज की पढ़ाई के साथ–साथ कोचिंग सेंटर में कोचिंग भी देने लगी थी और उसके बाद वह अपने कॉलेज की ट्यूशन के लिए भी जाती थी। जिंदगी जीने उसे बडा मजा आ रहा था। हां यही तो चाहती थी वो। सारे दिन अपने आपको पढाई मे व्यस्त रखना। अपने बल. पर कुछ करना मेहनत करना इसमे जूही की सबसे बडी खुशी थी।

पर कहीं ना कहीं जूही को अपनी उस पहले वाली परीक्षा में पास होने के बाद भी आगे ना पढ़ाई करने का अफसोस तो था। रह रहकर कभी ना कभी उसके दिमाग में यह बात आ ही जाती थी। पर ठीक है वह अपना मन कहीं और लगा लेती थी धीरे–धीरे व्यस्तताओं के बीच यह साल भी गुजरता जा रहा था। साल का अंत आने लगता है और कोचिंग सेंटर में भी जूही अपनी क्लासेस का कोर्स खत्म करवा चुकी थी। जूही सर से बात करके वहां से छुट्टियां लेने की बात करती है। वह सर से कहती है कि सर अब मुझे अपने सेकंड ईयर की तैयारी करनी है ।

घर पर रहते हुए जूही अपने सेकंड ईयर की पढ़ाई शुरू कर देती है। इस पढ़ाई के दौरान ही पिताजी एक दिन घर पर आते हैं और जूही को शहर के नामी कंप्यूटर सेंटर में डिग्री कोर्स करने के लिए बोलते हैं । जूही स्तब्ध रह जाती हैं क्योंकि साङे तीन साल का कोर्स ...और इतने हाई फीस और

यह चीजें करने के बारे में तो दूर–दूर तक उसने कभी सोचा भी नहीं था। तब नये नये कंप्यूटर कोर्सेज की शुरुआत हुई थी। वह बाबा से बोलती है कि उससे यह कंप्यूटर नहीं हो पाएगा वह कैसे यह सब कर पाएगी उसे कंप्यूटर में कोई इंटरेस्ट नहीं है ना वह इस बारे में कुछ जानती हैं और बाबा यह वह वैसे भी बहुत महंगा कोर्स है इसको करने से क्या फायदा होगा।

बाबा जूही को समझाते हुए बोलते हैं कि इसमें आगे करियर के बहुत अच्छे ऑप्शन होते हैं एक बार तुम मेरे साथ उसे कंप्यूटर सेंटर चलना और वहां चलकर इसके बारे में अच्छे से समझना ।जूही बाबा का कहना मानते हुए अगले दिन उनके साथ कंप्यूटर सेंटर पर जाती है रिसेप्शन पर काउंसलर के साथ सारी बात होती है काउंसलर जूही को कंप्यूटर के आगे के सारे फील्ड्स की जानकारी बड़ी सहजता से समझाता है। जूही को अब कुछ समझ में आने लगता है। उसे लगता है ठीक है यह शहर के शहर में ही रहते हुए ऑप्शन भी सही है उसकी रजामंदी मिलने के बाद पिताजी फीस भी वही हाथों हाथ जमा कर देते हैं। सेकंड ईयर के एग्जाम शुरू होने वाले थे और यह कंप्यूटर की क्लासेस चालू होने वाली थी वह बाबा से बोलती है कि बाबा मै सेकंड ईयर के एग्जाम खत्म होने के बाद कंप्यूटर क्लासेस जाना शुरु करूगीं ।

सेकंड ईयर के एग्जाम खत्म होने के बाद जूही कॉलेज के बाद पूरी तरीके से कंप्यूटर की पढ़ाई में लग जाती है साथ–साथ वह अपने फाइनल ईयर की भी ट्यूशन चालू कर देती है। पहले उसे कंप्यूटर समझने में थोड़ी परेशानी तो जरूर होती है पर फिर उसे सब समझ में आने लगता है और उसे अच्छा भी लगने लगता है कंप्यूटर क्लासेस में उसके दोस्तों का एक नया ग्रुप बन गया था वह अलग सा ही माहौल था।

सब अलग-अलग उम्र के थे साथ पढ़ने वाले लोग। कोई अभी कॉलेज में आया ही था कोई कॉलेज पूरा कर चुका था कोई दूसरे कोर्सेज के साथ यह कंप्यूटर कोर्स कर रहा था ।उनके साथ पढ़ने उनके बारे में जानना एक अलग ही अनुभव था।

कंप्यूटर कोर्स के 6 महीने अब खत्म होने को थे और फाइनल इयर भी लगभग शुरू हो चुका था। कंप्यूटर सेंटर मे हर 6 महीने में एक सेमेस्टर होता था। कंप्यूटर के एग्जाम आ चुके थे।

बहुत मुश्किल हो रहा था जूही के लिए अब कॉलेज की ट्यूशन करना कॉलेज की पढ़ाई करना और साथ में कंप्यूटर के लिए जाना और उसके एग्जाम की तैयारी करना पर उसने कंप्यूटर की पढ़ाई बहुत मन लगाकर की और उसमें पास भी हो गई कंप्यूटर का सेकंड सेमेस्टर शुरू हो चुका था और कॉलेज में भी आधा साल बीतने को आ गया था

इस व्यस्तता मे समय निकालकर जूही कभी-कभी अपनी सहेली नलिनी के पास चली जाया करती थी दोनों सहेलियां काफी देर तक समय साथ मे बिताती। या तो दोनो कहीं घूमने जाती यह साथ में पिक्चर देखने जाती। सर ने एक दिन कंप्यूटर क्लासेस से जूही को बुलाकर कहा भी था कि जूही आप चाहो तो कॉलेज की पढ़ाई के लिए कंप्यूटर से ब्रेक ले सकती हो थोड़े दिन के लिए। लेकिन जूही को मंजूर नहीं था ।

वह हर परिस्थिति को चेलेंज की तरह लेती थी। नहीं शब्द तो उसके शब्दकोश मे थे ही नहीं। अब धीरे-धीरे कॉलेज के फाइनल ईयर की भी पढ़ाई आगे जोर पकड़ रही थी जूही को ट्यूशन पर ज्यादा ध्यान देना पड़ रहा था।उसने कंप्यूटर को थोड़ा कम समय दिया और अपनी फाइनल ईयर की पढ़ाई में

ज्यादा समय दिया क्योंकि फाइनल की यह पढ़ाई उसके लिए बहुत जरूरी थी, इसमें अच्छे मार्क्स लाने पर ही तीनों साल के मार्क्स मिलाकर अच्छी परसेंटेज बनती। जिसको लेकर उसके लिए आगे कई ऑप्शन रहते। अब जूही ने फाइनल की पढ़ाई को ज्यादा तवज्जोदी और कंप्यूटर की पढ़ाई से थोड़ा किनारा किया। बस वह रेगुलर कंप्यूटर की क्लासेस जरूर अटेंड करती थी लेकिन अपना दिमाग सारा फाइनल की पढ़ाई में लगा दिया। एग्जाम शुरू होने को थे जूही ने कंप्यूटर से एक महीने का ब्रेक लिया। फिर फाइनलईयर के एग्जाम में पूरी तरीके से लग जाती है। एग्जाम खत्म हुए फिर उसने दोबारा से कंप्यूटर कोर्स ज्वाइन कर लिया कंप्यूटर में अब उसका धीरे–धीरे मन लगने लगा था। क्योंकि अब ग्रेजुएशन की पढ़ाई पूरी तरह खत्म हो चुकी थी तो जूही ने कंप्यूटर्स में अपना पूरी तरीके से दिमाग लगा दिया था। कंप्यूटर में भी तीन सेमस्टर उसके कंप्लीट हो चुके थे। यहां उसने आगे पोस्ट ग्रेजुएशन करने की सोची। इस के लिए उसने कॉलेज में जाकर दोबारा से पोस्टग्रेजुएशन के फॉर्म भरे जूही के अच्छे मार्क्स आने की वजह से चौथे सेमेस्टर में उसको वहां के टीचर ने फर्स्ट सेमेस्टर के बच्चों को कंप्यूटर की बेसिक पढ़ाने के लिए रख लिया। जूही को बहुत खुशी हुई। पढ़ाने का उसको वैसे ही बहुत शौक था। अब वह अपने पोस्ट ग्रेजुएशन की पढ़ाई कंप्यूटर की पढ़ाई और कंप्यूटर में ही टीचिंग करने लगी। पोस्ट ग्रेजुएशन में क्योंकि उसने थ्योरी सब्जेक्ट लिया था तो उसे ट्यूशन की जरूरत ही नहीं थी वह अपने पढ़ने में और पढ़ाने में व्यस्त हो गई।

जूही के पांच सेमेस्टर पूरे हो चुके थे।कंप्यूटर के उसके पास कई जॉब ऑफर आने लगे थे, पर जूही ने सेंटर की तरफ से जिन जगहों पर इंटर्नशिप के लिए भेजा वही गई. ।उसने

कोई बाहर की जॉब नहीं की, सेंटर की तरफ से ऑफर की गयी इंटर्नशिप को ही उसने चुना।

जूही को जॉब करते हुए पढ़ाई करते हुए अब जिंदगी बहुत अच्छी लग रही थी। उसे लग रहा था सब कुछ अब धीरे-धीरे करके वह सब हासिल कर लेगी और काफी आगे तक कंप्यूटर की पढ़ाई करेगी। जिससे कि उसे एक अच्छी जॉब और पोस्ट मिल सके। मन ही मन वह यह कहीं से तय कर रही थी कि वह अपनी जिंदगी मां और बाबा के साथ ही निकालेगी वह शादी नहीं करेगी। मां से अक्सर रात में बैठकर वो यही बात करती कि मां मुझे बहुत आगे तक पढ़ना है और बहुत आगे तक जाना है मेरे कई सपने हैं मैं उन्हें पूरा करना चाहती हूं.... आप को लेकर, बाबा को लेकर, छोटी बहनों को लेकर.. मां मैं सारी जिंदगी आपके साथ ही रहना चाहती हूं मुझे शादी करने का बिल्कुल मन नहीं। यह सुनकर मां हंसती और उसे समझाती बेटा शादी तो सबको ही करनी पड़ती है कब तक मां-बाप के साथ रह पाओगे एक उम्र में कहीं ना कहीं सबको हमसफर की जरूरत होती है और मां-बाप हमेशा तो साथ रहते नहीं है। कभी तो हम भी इस दुनिया से जाएंगे। तब तुम बिल्कुल अकेली रह जाओगी जूही। ऐसा मत सोचो तुम्हें जो करना है उस पर ध्यान लगाओ अभी तुम अच्छे से पढ़ाई करो। शादी के बारे में हम बाद में बात करेंगे।

लेकिन जूही को कहीं ना कहीं यह डर तो था ही कि अब मेरी पढ़ाई भी पूरी हो गई है उमर भी हो गई है तो मां और बाबा मेरी शादी की बाते करना कही न कही तो जरूर शुरू करेंगे ही। और यही होता है एक दिन जब जूही अपने कॉलेज से घर आई तो मां और बाबा को धीरे-धीरे कुछ बातें करते सुना। कुछ बातें जो उसके कानों में पड़ी उसे उसकी आभास हुआ कि यह तो उसकी रिश्ते की बातें कर रहे हैं। पर वह

नजरअंदाज करके अंदर चली जाती है। बाबा को अच्छे से पता था कि जूही अभी शादी नहीं करना चाहती हैं वह शादी के लिए बिल्कुल राजी नही है। इसलिए उन्होंने यह जिम्मेदारी मां को दी थी कि तुम्हें जूही को समझाना है अब शादी के लिए।शाम होती है सब साथ बैठकर चाय पी रहे होते हैं यही ठीक समय समझकर मां बातों का कुछ हेर फेर कर इधर-उधर घुमाते हुए जूही से कहती है की पता है जूही तुम्हारे लिए अब अच्छे-अच्छे रिश्ते आने लगे हैं क्योंकि आजकल सबको अच्छी पढी लिखी लडकी चाहिए और तुमने बहुत अच्छी पढ़ाई की हुई है ।आस पास रिश्तेदारी मे सबको खबर है। तो रिश्ते भी अच्छे घरों से ही आ रहे हैं। यह बातें करते हुए मां जूही से लगातार नजर नहीं मिला पा रही थी वह इधर-उधर के कामों में अपनी व्यस्तता दिखाते हुए बराबर इसी बात को दोहरा रही थी कि जूही तुम्हारे लिए अब रिश्ते आने लगे हैं। कहीं ना कहीं जूही इस बात को समझ रही थी कि मां उसको क्या कहना चाहती है। वह मां से कहती है मां मुझे शादी नहीं करनी है क्यों आप लोग मेरे लिए रिश्ता ढूंढ रहे हैं। क्या मुझे अपने पास नहीं रख सकते। आप इन दोनों की शादी करना। मैं आपके पास रहूंगी और कहकर उसकी आंखों में आंसू आ जाते हैं और वह वहां से उठ कर अपने कमरे में चली जाती है।

जूही का ऐसा जवाब सुनकर ऐसा बर्ताव देखकर मां समझ नहीं पा रही थी कि वह जूही को कैसे समझाएं। वह भी कमजोर पड़ रही थी जूही को समझाने में। मां जूही से कहती है कि अभी तो रिश्ते देखने चालू किए हैं जूही, अभी तो समय लगेगा। एकदम से थोड़ी ही रिश्ता मिल जाता है। तुम तो अपनी पढ़ाई में दिमाग लगाओ और जो तुम्हें करना है वह करती रहो। हमने तो अभी तुम्हें बताया है कि रिश्ते आने शुरू

हुए। देखो अब कब तक बात बने, कब आगे बात बढे, कब तक शादी तय हो। इसका कुछ भरोसा थोड़ी होता है ऐसे नहीं दुखी होते। कहकर मां रसोई घर में आ जाती है। रात होती है तो वह बाबा से बात करती हैं और जूही के बारे में बताती है कि जब उन्होंने उससे आज बात की तो वह रूआंसी हो गई थी। बाबा से कहते हैं यह हर लड़की के लिए एक नया मोड़ होता है जूही की मां। तुम भी इस मोड से गुजरी थी एक दिन। इस घर को छोड़ना उसके लिए इतना आसान नहीं है, जहां उसका बचपन निकला है मां बाप के साथ इतने प्यार से उसकी जिंदगी निकली है, वह इस चीज को इतनी आसानी से कैसे मान ले कि यह घर उसको छोड़कर एक दिन जाना पड़ेगा। थोड़ा उसे वक्त देते है धीरे–धीरे उससे बात करो प्यार से समझाओ वह जरूर मान जाएगी तब तक हम रिश्ते देखना शुरू करते हैं।

कुछ महीनों बाद जूही का पोस्ट ग्रेजुएशन और कुछ समय बाद कंप्यूटर कोर्स भी उसका खत्म हो जाता है। अब उसको एक ऑफिस में अच्छी सेलेरी वाला जॉब मिल जाती है। वह अपनी जॉब शुरू कर देती है। रोज सुबह 10 बजे जाकर शाम को 6 बजे वह घर आती। शाम को घर आकर वह मां के साथ रसोई घर में रात के खाना बनाने में हाथ बटाती। और सारे दिन की बाते बताती। वह अपनी हर बात मा के साथ बांटती।

एक दिन जब जूही अपने ऑफिस से शाम को वापस घर आती है तो मां उसको अपने पास बुला कर बैठाती है और धीरे से जूही से बोलती है बेटा जूही एक बड़े अच्छे घर से तुम्हारे लिए रिश्ता आया है वह लोग तुम्हें चार दिन के बाद रविवार को देखने आने वाले हैं। देखो ना मत करना। तुम ऑफिस से एक दिन पहले ही छुट्टी ले लेना जिससे तुम अपने आप को थोड़ा सही कर लो। सुनकर जूही एकदम स्तब्ध रह जाती है

मां से बोलती है मां यह क्या अभी तो मेरी शुरुआत ही हुई है और आप लोग मुझे बांधने जा रहे हो। मैं शादी कैसे कर सकती हूं और आप लोग क्यों बार–बार मेरी शादी की बात करते हो जब मैं शादी करना ही नहीं चाहती। और उसकी आंखों से फिर आंसू गिरने लग जाते हैं। शाम को जब बाबा घर आते हैं तो वह यह बात बाबा को भी बोलती है

मां और बाबा जूही को बहुत समझाते हैं पर उस समय जूही नहीं समझती है। रात होती है जूही फिर अपने पलंग पर जाकर लेट जाती है। मां धीरे से जूही के पास आकर बैठती हैं जूही का सिर अपनी गोदी में रखती हैं और प्यार से सहलाने लगती है। वो समझाती है कि जूही यह वक्त तो हर लड़की की जिंदगी में आता है शादी तो सबको ही करनी होती है। मैं भी तो देखो शादी करके कभी इस घर में आई थी, ऐसे ही तुम्हारी भी शादी होगी। मां बाप से दूर होने का दुख तो सबको होता है लेकिन एक नई जिंदगी की शुरुआत भी तो होती है। अपने आप को समझाओ और इस बारे मे थोड़ा सोचो। कहकर मॉ कमरे से चली जाती है । वह बैचेन हुई कभी इस करवट कभी उस करवट होती रहती है। उसकी नजर खिड़की से बाहर आसमान पर पडती है। वही काली रात सितारों भरी। बहुत उम्मीद के साथ वह इस रात को देख रही थी। आज फिर से एक बार छोटे–छोटे दिखते सितारे उसको अपने सपनों की तरह दिख रहे थे लेकिन कहीं ना कहीं उसको लग रहा था जैसे एक–एक करके सितारा टूट रहा है। उसे सितारे टूटते से नजर आ रहे थे। बहुत उदासी महसूस कर रही थी। वह जाने कितनी उधेड़बुन में, कितनी बातों को मन में लिए, सोचते विचारते सो जाती है।सुबह उठती है वही रोज की तरह ऑफिस के लिए तैयार होती है और निकल जाती है। ऑफिस में भी आज उसका मन नहीं लग पा रहा था। साथ में काम

करने वाले लोग पूछ भी रहे थे क्या हुआ जूही आज कैसे इतनी उदास हो। जूही कहती है बस यूं ही आज ऑफिस आने का बिल्कुल मूड नहीं था। शाम को फिर घर पहुंचती है। उसके चेहरे से मानो खुशी बिल्कुल चली गई थी। कमरे मे जाकर बहुत ज्यादा इस बारे में सोचते विचारते आखिरकार वह मां और बाबा से शादी के लिए हां भर ही देती है। क्योंकि मां और बाबा उसको समझाते हैं कि अगर तुम्हारी शादी नहीं करेंगे तो आगे तुम्हारी दोनों बहनों की भी बहुत मुश्किल हो जाएगी शादी। जूही आगे के बारे में सब तरह से सोचो अपने बारे में, घर के बारे में, दोनों बहनों के बारे में, फिर कुछ फैसला लेना। इसलिए जूही को अपनी रजामंदी देनी पड़ी। वह मां और बाबा से कहती है कि मां मैं शनिवार को ऑफिस से छुट्टी ले लूंगी आप जैसा कहोगी वैसे ही करूंगी। कहकर जूही अनमने मन से उठकर वापस अपने कमरे चली जाती है और तकीये से मुंह छिपाकर लेट जाती है।

....................जिंदगी ने एक एसे कटघरे मे खङा कर दिया है , कदम न आगे बढने की राह पाते है , न पीछे हटने की हिम्मत जुटाते है यूं बेबाक से खडे हम जिंदगी का कुछ यूं लुत्फ ले रहे है .... की मुस्कुराते हुए ख्वाहिशो को फना होते देख रहे है। खुली आंखो की रहगुजर से जो सपने गुजरा करते है , वो एक लंबी सांस के साथ दफन हो जा रहे है।।।।.........

जूही पहले से ही ऑफिस में बता देती है कि वह शनिवार को ऑफिस नहीं आएगी। शनिवार आता है जूही उस दिन ऑफिस नहीं जाती है। मां उसे थोड़ा उबटन बना कर देती है मुंह पर लगाने के लिए। और बोलती है इसको थोड़ा चेहरे पर लगा लो जूही इसे चमक आ जाएगी। रोज तुम धूप में बाहर आती जाती हो इस वजह से चेहरा थोड़ा फीका पड़ गया है।

हां और बाल भी अच्छे से धो लेना... अच्छा आज नहीं धोना कल ही धोना जिससे खिले-खिले रहेंगे। हाथ पकड़ कर वो जूही को अपनी अलमारी के पास ले जाती है और अलमारी खोलकर अपनी हर तरीके की साड़ी उसको निकाल निकाल कर दिखाती है देखो जूही यह सुनहरी गुलाबी रेशम की साड़ी है और यह देखो यह सूती साड़ी इसके बार्डर पर कशीदे का काम है यह पता है तुम्हारी दादी की साड़ी है। उन्होंने दी थी यह मुझे और इसमें देखो यह जो कसीदे का काम हो रहा है यह उन्होंने अपने हाथों से किया था । बहुत संभाल के रखा है मैने इसे आज तक। तुम कौन सी पहनना पसंद करोगी कोई रेशम में आरी तारी के काम वाली या जरी के काम वाली मुकेश के काम वाली साड़ी शिफॉन में या फिर जॉर्जेट में तुम्हें जो पसंद है बेटा इसमें से पसंद कर लो। हां वैसे तुम्हारे ऊपर लाल रंग ज्यादा फबता है। वह लाल रंग वाली साड़ी देख रही हो वह ऊपर रखी है सिल्क की जिसमें हल्का सा किनारे पर जरी का काम है, यह पहनना कल इसमें तुम बहुत सुंदर लगोगी। बाकी तुम्हारी इच्छा है। यह गुलाबी साड़ी भी तुम पर जचेगी। कह कर मा रसोई घर में चली जाती है। बहुत देर तक जूही उन साड़ियों के साथ जैसे खेल रही होती है। कभी कोई साड़ी उठाती है कभी कोई साड़ी उठाती है। वह कुछ समझ नही पा रही थी।

उसे लग रहा था कि जिंदगी में जितने रंग हैं उतने ही रंग की परेशानियां भी है। इंसान कुछ करना चाहे या नहीं करना चाहे, लेकिन जिम्मेदारियां... परवाह इंसान को हर काम करने के लिए मजबूर कर देती है।

जूही मां की बताई लाल साड़ी को उठाकर अपने कमरे में ले आती है और शीशे के सामने जाकर उसको थोड़ा अपने ऊपर डाल कर देखती है फिर उसे किनारे से तह लगाकर रख

देती है रसोई में जाकर मां से उबटन लेती है जैसे–जैसे मां ने बताया था सब वैसे ही करती है सिर्फ इसलिए क्योंकि इसमें मां बाबा की खुशी थी बहुत भारी मन हो रहा था जूही का उसे लग रहा था जैसे रिश्ते की बात नहीं उसकी जिंदगी के सपनों का सौदा हो रहा है अगले दिन होता है सुबह मां और बाबा अपने अपने काम में व्यस्त होते हैं बाबा कुछ सामान मिठाई और नाश्ता लेने बाजार की ओर निकल जाते हैं मां जल्दी जल्दी घर की सफाई में लगी हुई थी और रसोई घर में भी सब संभाल रही थी वह जूही से अच्छे से तैयार होने को बोल रही थी बार–बार समझाती भी जा रही थी कि जूही थोड़े हंसते हुए चेहरे से वहां बैठना वह कुछ पूछे तो उनको अच्छे से जवाब देना उनके सामने ऐसे उदास मत रहना जूही नहा धोकर अपने बाल सुखाती है और मां के कहने पर वही लाल रंग की साड़ी पहन लेती है और अपने कमरे में बैठकर इंतजार करने लगती है सुबह के 11 बजने वाले हैं.. लडके वालो के आने का समय हो रहा था। बाबा बारंबार घर के अंदर बाहर चहलकदमी कीए जा रहे। उन्हे देखकर उनकी बैचेनी और घबराहट का आसानी से अंदाजा लगाया जा सकता था। वह कभी टेबल पर रखे गुलदस्ते को सही करते तो कभी खिड़की के पर्दे को सरकाते मां से बार–बार पूछते सब तैयारी तो हो गई है ना जूही की मां।यहा कमरे में बैठे जूही के भी मन में कई सवाल आए जा रहे थे वह बिल्कुल शून्य सी हुई बैठी हुई थी। पहले जब कभी भी शादी की बात चलती थी तो जूही भगवान से मन्नत मांगती थी यह शादी ना हो कहीं वह नारियल चढ़ाती, कहीं मन्नत के डोरे बांधती लेकिन इस बार.... इस बार उसने अपने घुटने टेक दिए थे और भगवान पर छोड़ दिया था कि अब जो होगा देखा जाएगा। अब की बार उसने मां बाबा की बात मान ली थी वह चाह कर भी कुछ नहीं कर पा रही थी जब उसकी सहेली नलिनी ग्रेजुएशन कर रही थी

तभी उसकी शादी हो गई थी नलिनी बहुत खुश थी लेकिन उस समय भी जूही को बहुत ज्यादा खुशी नहीं हुई थी। वह बार-बार यही सोचे जा रही थी की लड़कियां कैसे इतनी जल्दी शादी के लिए राजी हो जाती है अभी तो उसके पढ़ाई की शुरुआत ही हुई है। पर उसे क्या.... ठीक है जब वह राजी थी तो मुझे इससे क्या मतलब । कोई जरूरी थोड़ी है कि जैसा मै सोचूं वैसे ही सब लोग सोचे।

थोड़ी देर में जूही की दोनों बहने जूही के पास आती है और बताती हैं कि दीदी दीदी लड़के वाले आ गए हैं। मां ने कहा है कि आप भी जल्दी से तैयार हो जाओ। जूही थोड़ा खिड़की के पास जाकर बाहर की ओर झांकती है और देखने की कौशिश करती है पर खिड़की से उसे कुछ भी साफ-साफ नजर नहीं आ रहा था। वह जाकर अपने शीशे के सामने खड़ी हो जाती है और तैयार होने लगती है।मां, बाबा, जूही के दोनों बहने सब उनके आने के आवभगत में लगे हुए थे। कोई पानी पिला रहा है कोई चाय के लिए पूछ रहा है बाबा उन्हें तसल्ली से बैठने के लिए बोल रहे थे। कि आप लोग आराम से बैठिए बहुत दूर से आए हैं। जरा भी सकुचाहट की जरूरत नहीं है। अपना ही घर समझिए। थोड़ी देर बाद मां रसोई घर में गैस पर चाय बनने के लिए रख देती है और जल्दी से जूही के पास कमरे में आती हैं। वह जूही को ऊपर से नीचे तक देखती हैं। जूही लाल साड़ी पहने बहुत ही सुंदर लग रही थी

मां उसको एक छोटी सी काली बिंदी लगाने को भी कहती है। जूही मना करती है लेकिन मां उसको समझाती हैं कि नहीं जूही साड़ी के ऊपर बिंदी बहुत अच्छी लगती है एक छोटी सी काली बिंदी लगा ही लो। थोड़ी देर बाद बाबा भी जल्दी-जल्दी अंदर आते हैं और मां से जूही को बाहर कमरे में लाने के लिए कहते हैं मां रसोई घर में चाय कप मे छानती है और ट्रे मे

लगाती है। जूही की दोनों छोटी बहनें ट्रे में चाय लेकर साथ चलती हैं और मां जूही को पकड़ कर अपने साथ बाहर कमरे में लेकर आती है सब लोग थोड़ा तकल्लुफ भरे अंदाज में अपनी ही जगह पर इधर–उधर होते हैं और जूही को बैठने के लिए कहते हैं मां जूही को लड़के की मां के पास बैठा देती है।

पराग... हां पराग नाम था लड़के का जो जूही को देखने अपने परिवार के साथ आया था। पराग की मां जूही को अपने पास बिठाती हैं और उसको बहुत प्यार भरी नजरों से देखती है। वो जूही से बोलती हैं... तो आपका नाम जूही है... नाम तो बहुत प्यारा है.... जैसा यह फूल का नाम है वैसे ही फूलों जैसी हो तुम बहुत ही प्यारी हो जूही। जूही नजरे बिल्कुल जमीन मे गढाए हुए बैठी थी। पराग के पिताजी भी उससे कुछ सवाल करते हैं पढ़ाई के बारे में और कुछ नौकरी और घर के बारे में भी। पराग की मां भी जूही से बहुत देर तक बातें करती रहती हैं फिर माताजी और पिताजी दोनों पराग से बोलते हैं पराग बेटा तुम्हें भी कुछ बात करनी हो कुछ पूछना हो तो पूछ लो। थोडा तुम दोनो भी एक दूसरे से बात कर लो तब तक हम लोग थोड़ी देर के लिए सब घर देखकर आते हैं। पहले सब लोग बाहर बैठेंते और फिर घर देखने को कहते हैं। जूही के बाबा बोलते हां हां चलिए मैं आप लोगो अपना घर दिखाता हूं। उन लोगों के साथ में पराग का चचेरा छोटा भाई भी आया था।अनिल नाम था उसका... अभी छोटी क्लास में ही पढ़ता था वह भी जूही से बातें करता है और अपनी पढ़ाई के बारे में भी बहुत बातें बताता है। पराग की मां अनिल को भी बाहर बुलाती है बोलती है आओ अनिल देखो बाहर कितना सुंदर गार्डन है हम लोग गार्डन में बैठेंगे क्योंकि अनिल पराग को बहुत प्यार करता था वह शुरू से ही पराग के साथ ही रहता था। अनिल के माता–पिता का स्वर्गवास बचपन में ही हो गया था तब से

पराग की मां ने ही अनिल को पाल पोसा था। वह अनिल को भी अपने एक छोटे बेटे की तरह रखती थी। अनिल जब ढाई साल का था तभी एक एक्सीडेंट में उसके माता जी पिता जी नहीं रहे थे तब से अनिल अपनी बड़ी मां के पास ही रहता था। पराग की मां ने कभी भी अनिल को उसकी मां की कमी नहीं महसूस होने दी।बाहर गार्डन में आकर पराग के माताजी पिताजी अपने घर के बारे में और भी बहुत कुछ बताते हैं वह बताते हैं। कि उनके घर के ऊपर जो दूसरी मंजिल भी बनी हुई है। उसमें उनके बड़े भाई का परिवार रहता है उनकी बहू है उनके बेटे हैं वह लोग ऊपर ही रहते हैं। अभी घर पूरा दोनों भाइयों के साथ में है । कुछ भी होता है तो उनकी दोनों बहुएं उनका पूरा ख्याल रखती है।

अंदर कमरे में पराग भी जूही से कुछ सवाल करता है कुछ अपने बारे में बताता है कुछ उसके बारे मे पूछता है। जूही उनका बहुत आहिस्ता से जवाब दे देती है। इतने में बाहर से पराग के पिताजी की आवाज आती है हो गई बातें दोनों की अब हम भी आ जाए अंदर उनके अंदर आने के बाद पराग की माताजी जूही को वापस कमरे में भेजने को कहती है। वह बोलती है कि यहां बैठकर जूही परेशान हो रही होगी आप इसे इसके कमरे में वापस भेज दीजिए। अब दोपहर का समय हो चुका था बाबा उन लोगों से खाने के लिए कहते हैं सब मिलकर उन लोगों के लिए डाइनिंग टेबल पर खाना लगाते हैं। बहुत स्वाद लेकर तारीफ करते हुए पराग के पिताजी और माताजी सब मिलकर खाना खाते हैं। फिर वह लोग बाहर मेहमान वाले कमरे में बैठ जाते हैं। बाबा भी थोड़ी देर में वहां पहुंचते हैं और फिर एक दूसरे के विचारों के बारे में पूछते हैं कि आगे आप लोग क्या सोचते हैं इस बारे में..... कि हमें आगे बात बढ़ानी चाहिए या नहीं। पराग की माताजी और पिताजी

दोनों राजी थे क्योंकि पराग ने मां को अपनी रजामंदी बता दी थी और अनिल... अनिल को तो अपनी होने वाली भाभी बहुत ही पसंद आई थी। पराग की मां कहती है कि देखिए भाई साहब हमको तो आपकी जूही बहुत पसंद आई है अब आप लोग भी बताइए। अगर आपको पराग जूही के लायक लगा हो और जूही को भी पसंद आया हो तो हम लोग अभी बैठकर आगे की भी बात कर लेते हैं। आप लोग जाकर जूही से भी एक बार पूछ लीजिए जब तक वह लोग जूही के बाबा से यह सब बातें कर रहे थे जूही की मां ने अंदर जाकर जूही से पराग के बारे में पूछा था कि बेटा कैसा लगा पराग। जूही गर्दन हिलाकर धीरे से बोलती... हां मां ठीक है आप लोग बड़े हो मेरे अच्छे बुरे के बारे में आप लोगों को ज्यादा पता है। अगर आप लोगों को सब अच्छा लग रहा है तो मुझे भी कोई एतराज नहीं है। आप लोग आगे की बात कर लीजिए। मां बाहर जाकर धीरे से बाबा को जूही की रजामंदी भी बता देती है। बाबा खुश हो जाते हैं और पराग के माताजी पिताजी को बताते हैं कि जूही को भी कोई दिक्कत नहीं है इस रिश्ते से। अब हम लोग आगे की बात भी कर लेते हैं। पराग के माताजी पिताजी बोलते हैं कि आज हम एक शगुन कर जाएंगे फिर आगे का जो भी कार्यक्रम है वह हम पंडित जी से बात करके आपको सब बता देंगे। लेनदेन में हमें कुछ नहीं चाहिए भगवान की दया से बेटा हमारा होनहार है वह अपने पैरों पर खुद खड़ा है तो हमें सिर्फ जूही चाहिए इसके अलावा कुछ नहीं।

बाबा उनके आगे हाथ जोड़े खड़े थे और उनकी आंखों से खुशी के आंसू साफ साफ दिखाई दे रहे थे पराग के माताजी पिताजी खड़े होते हैं और बाबा को संभालते हुए कहते हैं कि भाई साहब रिश्ता केवल एक लड़का और लड़की का नहीं होता

है रिश्ते दो परिवारों से होते हैं और जब हम दोनों परिवार के मन मिल ही गए हैं तो अब हम इसको आगे बढ़ाएंगे ।

पराग की माताजी जूही की मां से बोलती है कि आप हमें जूही के पास अंदर कमरे में ले चलिए हम उसके हाथ पर कुछ शगुन रखकर इस रिश्ते की रोक करना चाहते हैं जूही की मां उनको लेकर अंदर जूही के कमरे तक लाती है साथ में उनके अनिल और पराग के पिताजी भी आते हैं वह जो भी के हाथ में कुछ शगुन की रुपए नारियल और मिठाई रखते हैं और जूही का भी मुंह मीठा कराते हैं जूही की मां जूही से उनके सबके पैर छूने को बोलती हैं। जूही अपनी जगह से खड़े होकर पराग के माताजी पिताजी के पैर झुक कर छूती है वह उसको आशीर्वाद देते हैं और पराग की माताजी उसको गले लगा लेती है। बाहर कमरे में आकर पराग की माताजी पिताजी जूही के मां और बाबा से बोलते हैं कि हम लोग अब शादी में ज्यादा देर नहीं करें और जल्दी ही कोई अच्छी तारीख देख कर शादी की तारीख तय कर देते हैं क्योंकि मेरी भी अब तबीयत ज्यादा नहीं सही रहती है तो मुझे भी किसी के साथ की जरूरत है घर में बहू आ जाएगी तो हमारे घर में भी रौनक हो जाएगी अभी दूसरी बहुए हमारा काम आकर देखती है हमारी देखभाल करते हैं पर अपनी बहू आ जाएगी तो हमारे पास भी कोई होगा जिससे हम अपने मन की बात कर पाएंगे। बाबा बोलते हैं तो फिर ठीक है आने वाले नवंबर में दिवाली के बाद सबसे उचित तारीख देखकर दिन तय कर लेंगे। शादी के लिए फिर भी आप लोग भी अपने पंडित जी से एक बार पूछ लीजिए और यहां हम लोग भी अपने पंडित जी से एक बार बात कर लेते हैं फिर जो भी तारीख सही होगी उस पर हम शादी की तारीख तय कर देंगे और बाकी के रीति रिवाज दस्तूर कैसे करने हैं वह आप बता दीजिएगा वहां पहुंचकर।

वह सब लोग हाथ जोड़कर उन लोगों से विदा लेते हैं जाते–जाते वह एक बार और जूही से सब मिलते हुए जाते हैं पराग भी एक बार जूही को चुपके से झुकी नजरो से देखता हुआ बाहर की ओर निकल जाता है। अनिल भी अपनी होने वाली भाभी से गले लगा के जाता है। क्योंकि जूही के लिए यह सब कुछ अजीब ही था। वह यह सब तो कभी चाहती ही नहीं थी। फिर भी सब स्वीकार कर रही थी। आज दिन ऐसा नहीं था जो उसके मन का था। आज उसको अपना यह दिन थोड़ा पराया पराया सा लग रहा था।

.......कभी कोई कोई दिन बड़ा बेमानी सा निकलता है , अचानक एक दिन अंजानी उलझन ,कब सुबह की किरण के साथ दस्तक दे जाती है.... बस उसी कशमकश का दिल ओ दिमाग पे पहरा रहता है।।..............................

अपने आसपास की आब ओ हवा ये घर की दीवारें सब बेगाने से लग रहे थे। घर में सब खुश तो थे दोनों बहने, मां, बाबा। बस उदास थी तो जूही....उसका का मन। लेकिन फिर भी सबकी खुशी में शामिल था। उसको एक ही बात लग रही थी की बस एक पल.. एक पल ही लगता है जिंदगी बदलने में। हम क्या होते हैं और क्या हो जाते हैं।जूही को मन ही मन बस एक ही बात सताए जा रही थी की मां और बाबा कैसे इतने खुश हो सकते हैं। बचपन से इन्होंने मुझे इतने प्यार से पाल पोस के बडा किया है। उन्हें पता है कि मैं यहां से चली जाऊंगी फिर भी वह इतने खुश है। जूही इस बात को नहीं समझ पा रही थी की मां बाप के लिए बेटियां एक बहुत बड़ी जिम्मेदारी होती है। जब तक वह उनके साथ उस घर में होती है तब तक ही बस अपनी रहती है। पर एक उम्र के बाद उनको उनके घर ब्याह करके भेजना ही होता है। यह भी एक जिंदगी का दस्तुर है जिसे सबको पूरा करना ही होता है। एक

तरफ बेटी अपने मां बाबा के घर की रौनक होती है तो वही दूसरे घर जाकर उस घर को भी खुशियों से रोशन करती है ।

    अगले दिन से जूही वापस अपना ऑफिस जाने लग जाती है एक दिन घर जाकर पता चलता है कि डेढ़ महीने बाद ही उसकी शादी की तारीख तय कर दी गई है शादी की तैयारी अब जल्दी-जल्दी पूरी करनी है मां और बाबा जूही को उसकी नौकरी छोड़ने के लिए कहते हैं नौकरी छोड़ने की बात सुनकर जूही के लिए तो जैसे सब खत्म सा होता दिख रहा था वह बहुत अंदर से यह सब चीजें महसूस कर रही थी कि इस शहर का सब मुझे छोड़कर जाना है घर मां बाबा नौकरी इतना पराया पर अचानक क्यों हो जाता है जूही मां बाबा से कहती है कि मैं जल्दी ही अपने ऑफिस में सर से बात करके नौकरी छोड़ने की भी बात कर लूंगी मां बाबा घर में पंडित जी को बुलाकर और दूसरी रस्मों के बारे में भी पूछने लगते हैं कि किसी शुभ घड़ी में कौन सी रस्म की जाए पंडित जी अपनी पंचांग देखकर मां और बाबा को आगे की शगुन की सभी शुभ घड़ियां बता देते हैं इन सब के अनुसार मां बाबा जूही को जल्दी ही नौकरी छोड़ने की सलाह देते हैं जूही ऑफिस में अपने सर से अचानक शादी तय हो जाने के बारे में बताती है और बोलती है इससे अब मुझे नौकरी छोड़नी होगी सर जूही को मुबारकबाद देते हैं और बोलते हैं बहुत अच्छी बात है जूही तुम्हारी शादी तय हो गई है लेकिन हमारे ऑफिस से भी एक होनहार स्टाफ कम होगा । उसकी कमी भी हमें खलेगी पर यह तो संसार का नियम है शादी तय होना या ना होना हमारे बस में नहीं है शादी तो एक दिन सबको करनी ही होती है आगे की जिंदगी के लिए तुम्हें बहुत-बहुत शुभकामनाएं कहकर सर जूही को बोल देते हैं की अगले सोमवार तक तुम सारा काम किसी और को समझा देना । जिससे कि तुम्हारे जाने के

बाद सबको पता रहे कि कौन सी फाइल कहां रखी है जूही घर आकर मां को बता देती है कि उसने सर को नौकरी छोड़ने के लिए कह दिया है वह कहती है कि अभी चार दिन और जाना है सोमवार तक जिससे कि मैं जो काम संभालती थी उसके पेपर्स के बारे में दूसरों को बता सकूं ।

सोमवार आता है ऑफिस में जूही के लिए विदाई समारोह रखा जाता है सब लोग जूही को मुबारकबाद देते हैं। इसमें जूही की जगह जिस लड़की को रखा था उसका पहला दिन था ।सब आपस में एक दूसरे से मिलते हैं और उस दिन जूही के लिए ऑफिस का आखिरी दिन था बहुत भारी मन से जूही उस ऑफिस से विदाई लेती है घर आकर जूही को लगता है कि किसी के रहने ना रहने से कुछ फर्क नहीं पड़ता है आप रहोगे तो भी सब काम होगा अब नहीं रहोगे तो भी कोई काम नहीं रुकने वाला जो चीज जैसे हैं वह वैसे चलती रहेगी।

शादी की तारीख अब धीरे-धीरे पास आने लगी थी घर में सभी शादी के कार्यक्रम चालू होने की तैयारी होने लगी थी जूही की भी शादी की सब तैयारी लगभग पूरी हो चुकी थी भारी-भारी साड़ियां नई चप्पल जूते बैग और बहुत सारी चीज मां ने सब बक्से में और ब्रीफकेस में जमा दी थी । रोज जूही को नई-नई बातें बताती नए घर में जाकर कैसे रहना है कैसे सबके साथ व्यवहार करना है कैसे काम करना है । मां एक-एक चीज जूही को समझाती रहती । अब घर में मेहमान भी आने लगे थे । गणेश पूजन का दिन था जूही को पीले रंग की साड़ी पहन के मां ने पूजा में बिठाया था । जूही पर वह पीला रंग बहुत खिलकर आया था । अब हल्दी और मेहंदी सब रस्मे शुरू हो चुकी थी। चाह कर भी जूही पूरी तरीके से इस शादी को लेकर खुश नहीं हो पा रही थी। मानो उसके दिल के जाने कितने टुकड़े कर दिए गए हैं । घर में जितने मेहमान थे

उतने ही जूही को रोज एक नहीं सीख बताई जाती थी कि ससुराल में में कैसे रहना है । शादी का दिन भी आता है लाल जोड़े में जूही और सुनहरी शेरवानी पहने हुए पराग दोनों की जोड़ी बहुत ही प्यारी लग रही थी । दरवाजे पर बरात आती है पहले कुछ रस्म फिर दोनों की वरमाला किया जाता है साथ में पराग के कई दोस्त भी थे जो थोड़ी मसखरी भी कर रहे थे। दूल्हा और उसके घरवालो को साथ बिठाकर खाना खिलाया जाता है फिर रात में फेरे की रस्म शुरू होती है सात फेरे पूरे होने के बाद आराम करने के लिए जूही को उसके कमरे में भेज दिया जाता है और पराग को भी जहां बरात रुकी हुई थी वहां भेज दिया जाता है सुबह होने का इंतजार किया जाता है

सुबह होने के बाद बाकी सारी रस्में और जूता चुराई जो जूही की दोनों छोटी बहनें करती हैं। जूता चुराई में दोनों अपने जीजा जी से अच्छी खासी रकम लेती है। लड़के वालो मे और लड़की वालो मे काफी देर तक हसी मजाक चलता रहता है।

फेरो के बाद से विदाई तक का समय..... जूही को जैसे लग रहा था सब जल्दी से रीति रिवाज खत्म हो ....बैठे बैठे उसे सब अजीब लग रहा था।

अब समय आता है विदाई का..... जूही अपने कमरे मे बैठी हुई थी इतने में बाहर से आवाज आती है........... विदाई का समय हो गया है, जूही को बाहर लेकर आओ। बस क्या था जूही के आंखों से आंसू का सैलाब निकल पड़ता है वह अपनी दोनों बहनों से गले मिलकर बहुत रोती है । आगे चलकर मौसी बुआ सबके गले लगती है। वे लोग उसको उसकी मां के पास तक ले जाते हैं । वह जूही को रेशम मे जरी के काम वाली बडी सी चुन्नी एक कंधे से दूसरे कंधे को चारो ओर से ढकती हुई ओढाती है । अपने गले लगा कर बहुत बिलख कर तेजी से रोती है । चुनरी जैसे जूही को समझा रही थी कि अब

दोनो घरो की लाज एसे ही अपने साथ ढक मूंद के चलनी है। अपने आपको वह नहीं संभाल पा रही थी । सब लोग उनके हाथ छुड़ा कर आगे बढ़ाते हैं । आगे चलकर देखती है कि बाबा एक किनारे कुर्सी पर बैठे दोनों हाथों से आंखों को छुपाए रो रहे थे । जूही उनके पास जाकर दोनों घुटने जमीन में टिका कर उनकी गोद में सर रखकर रोने लगती है बाबा भी अपने आप को नहीं रोक पाते हैं । इतने में आवाज आती हैं कि अरे अपने आप को संभालो आप अपने आप को नहीं संभालोगे तो जूही कैसे यहां से जा पाएगी । जूही को सब मिलकर उठाते हैं उसके दोनों हाथों में चावल दिए जाते हैं और कहा जाता है कि जैसे–जैसे आगे बढ़ो भी उनको पीछे की तरफ उछाल देना है जूही उनको पीछे उछालती है और मां पीछे अपना आंचल फैलाए उसमें चावलों को लेती है।

मेहंदी हल्दी का रंग मन को एसे मोह गया...

छूटा घर बाबा का संग पिया का हो गया ......

मां तेरी चुनरी मे लाज को अपनी समेट लिया.....

है अपना घर अब कोई ओर...इस दहलीज को जब लांघ लिया......

बहुत ही मुश्किल है ये घडी बिदाई की...बाबा क्यो कन्यादान किया ....

सात फेरो की रस्म ने.... इस घर से मुझे पराई किया।।।

दोनों बहने जूही को बाहर कार तक छोड़ने आती है। चलते–चलते जूही दोनों बहनों के गले लगा कर रोती है और समझाती है की मां और बाबा का ख्याल रखना। कहकर जूही गाड़ी में बैठ जाती है धीरे–धीरे गाड़ी आगे खिसकने लग जाती है जूही को लग रहा था मानो वह इस एक पल में ही इस घर

को इस गली को अपनी आंखों में जी भर के समा ले अब गाड़ी आगे गली से मुड़कर शहर के बीच सड़कों से होती हुई हाईवे की और रास्ता पकड़ चुकी थी जूही की आंखों से आंसू थमने का नाम नहीं ले रहे थे पराग अपना हाथ जूही के हाथ पर रखकर उसको आंखों के इशारे से तसल्ली देता है और चुप होने के लिए बोलता है।

कार अपनी रफ्तार से आगे की ओर बढ़ती जा रही थी। जूही खिड़की के पास बैठी दूसरी तरफ मुंह किए खिड़की के बाहर ही देखे जा रही थी । उसकी आंखों में और उसके दिल ओ दिमाग पर पूरी तरह से अपने घर का अपने शहर का ही मंजर घूम रहा था। रह रह कर उसको वही की याद आ रही थी।

काफी दूर चलने के बाद एक मिडवे पर जाकर कार रुक जाती है। ड्राइवर पराग से चाय पानी के लिए बोलता है वह कहता है कि सर यहां पर थोड़ी देर के लिए कार रोकेंगे।

आप लोगों को भी जिसको चाय पीनी है वह पी सकता है। दस मिनट बाद हम यहां से फिर चल देंगे। कार की आगे वाली सीट पर उसका देवर अनिल बैठा हुआ था गाड़ी से उतर कर वह जूही को भी चाय पानी और नाश्ते के लिए पूछता है । हालांकि अनिल उम्र में अभी बहुत छोटा था लेकिन उसे बहुत शौक था अपनी भाभी का। वह कुछ ना कुछ रास्ते भर भाभी से बातें करता चला आ रहा था। बीच बीच मे बाबा भी बस से उतरकर जूही के बारे मे पूछ लेते थे । कुछ देर बाद बारातियों की बस भी आगे की ओर निकल जाती है और पराग की गाड़ी भी रफ्तार पकङ लेती है । शाम ढलने को थी पराग धीरे–धीरे करके जूही से बातें कर रहा था जूही भी अब पहले से बेहतर महसूस कर रही थी। दोनो अपनी पसंद और पहले की कुछ बाते कर रहे थे। अब उसकी आंखों से आंसू भी बहना बंद हो

गए थे। पराग से बाते करते हुए अपने आपको अब काफी अच्छा महसूस कर रही थी।

जूही ने अपने आप को समझ लिया था की अब ज्यादा दुखी होना गलत है जो आगे रास्ता अब मिला है, घर मिला है, वहां पर मुझे खुशी-खुशी अपनी जिम्मेदारियां पूरी करनी है। घर में एक अच्छा माहौल बनाकर चलना है। सब लोग मुझे बहुत प्यार से रख रहे हैं तो अब मुझे भी अपनी उदासी को किनारे करना होगा। फिर मां बाबा भी दुखी होगें मेरे उदास रहने से ।

थोड़ी देर बाद पराग की गाड़ी काकू गाड़ी में प्रवेश कर जाती है पराग जूही को बताता है कि यह हमारा शहर शुरू हो गया है.... जूही हमारा शहर.... हमारा और तुम्हारा हम दोनों का शहर। थोड़ी देर बाद पराग जूही को हाथ के इशारे से बताता है कि आगे जाकर जब बाएं हाथ से मुडेगें तो थोड़ा दूर चलकर एक गुलाबी रंग का घर है बस वही पर घर है। गाड़ी आगे बढ़ती है बाएं हाथ पर मुड़कर उसकी स्पीड धीरे होने लग जाती है फिर गुलाबी से घर के आगे जाकर के किनारे की तरफ लगाकर गाड़ी खड़ी हो जाती है। घर में से भाभी पराग की माताजी और भी सब औरतें रिश्तेदार जो आए हुए थे निकल कर बाहर आते हैं नये बहू के स्वागत को। सबको नई बहू देखने का बहुत शौक था कोई जूही का हाथ पकड़कर उठाता है कोई साडी का पल्लू संभालता है और उसको धीरे से चला कर घर के आंगन तक लाते हैं।

घर में बहू के गृह प्रवेश की रस्म शुरू की जाती है। सबसे पहले दरवाजे पर एक सिंदूरी लाल रंग के पानी से भरा थाल रखा जाता है। जिसमें पैर रखकर जूही आगे बढ़ती है फिर दाएं पैर से चावल से भरे लोटे को धीरे से गिराते हुए आगे बढती है। सब लोग जूही का हाथ पकड़ कर एक कमरे तक

ले जाते हैं। जहां उसको बैठा दिया जाता है। छोटे–छोटे बच्चे और बहुत सी औरतें सब जूही के आसपास उसको घेर कर बैठ जाते हैं।

पराग भी अपने दूसरी तरफ कमरे में चला जाता है। छोटे–छोटे बच्चे सब जूही के घूंघट उठाकर बार–बार उसको झांक कर देख कर जाते है। घर में सबको नई बहू आने का बहुत चाव था। थोड़ी देर में ऊपर मंजिल पर रहने वाली भाभी आती है और सबको बोलती हैं कि अरे थोड़ी देर आप सभी लोग अब कमरा खाली कर दो। जिससे जूही अच्छे से बैठ कर आराम कर पाए। सब ऐसे घेर कर बैठे रहोगे तो नयी बहू थक जाएगी बैठे–बैठे । वह सब को कमरे से बाहर निकालती हैं और जूही को आराम से थोड़ी देर लेटने को बोलती है। वह कहती है जूही थोड़ी देर आराम कर लो फिर रात का खाना खाएंगे और कहकर कमरा बंद करके चली जाती है। जूही पलंग पर ऊपर पैर करके लेट जाती है। एक डेढ़ घंटे बाद पराग की माताजी कमरे में आती है जूही की आंख लग गई थी वह जूही को आवाज देकर उठाती है और कहती है जूही बेटा पहले अपने ये कपड़े बदल लो फिर कुछ खा लो। वह भाभी को आवाज लगा कर कहती हैं की जूही को वह अभी खुद के कोई कपड़े पहनने को दे दो जिससे कि वह आज रात खाना खाकर थोड़ी देर सो लेगी। सुबह उठकर इनकी सभी पूजा वगैरह की रस्म करके जूही को उसके कमरे में भेज देंगे। जूही को भाभी अपने कपड़े देकर जाती हैं और बदलने को कहती है फिर खाना दिया जाता है। भाभी पराग को भी बुला कर लाती हैं और कहती हैं दोनों साथ बैठकर खाना खा लो। दोनों साथ बैठकर खाना खाते हैं पराग जूही को तसल्ली देता है कि जूही किसी भी चीज की जरूरत हो तो मुझे बोल देना। फिर पराग उठकर दूसरे कमरे में सोने चला जाता है। जूही भी उस कमरे

में सो जाती है। जूही की आंखों में बहुत नींद भरी हुई थी वह बहुत गहरी नींद में लेटते ही सो जाती है। सुबह होती है घर में सभी लोग जाग जाते हैं जूही जल्दी ही नहा धोकर दूसरे कपड़े पहन कर तैयार हो जाती है पराग की माताजी पराग और जूही को लेकर सभी रिश्तेदारों और भाभी के साथ मंदिर पहुंचती है वहां दोनों की कोई पूजा होती है फिर सब मिलकर घर आ जाते हैं घर पर आकर सुबह का नाश्ता करते हैं। फिर जूही को उसके कमरे में भेज दिया जाता है। भाभी कहती है जूही अब यह तुम्हारा और पराग का कमरा है।यहां पर तुम अपना सामान धीरे-धीरे करके जमा लेना और जूही का ब्रीफकेस बक्सा सब उसके कमरे में पहुंचा दिया जाता है। फिर भाभी दोबारा से ऊपर अपने कमरे में चली जाती है। पराग जूही के पास आता है और जूही को अपने घर के बारे में सब बताता है की कहां पर रसोई है कहां कमरे हैं कहां आंगन है। जूही से कहता है कि अब तुम आराम से अपने कमरे में बैठो और अपना सामान अभी किनारे रख दो हम दोनों मिलकर बाद में अलमारी जमा लेंगे।

शाम को सब तैयार होने मे लगे है। घर के बाहर बहुत बडा सुंदर सा शामियाना सजा हुआ था। मोहल्ले के सब लोग और दूर दराज से मेहमान आ रहे थे। नयी बहु की मुंह दिखाई की रस्म और घर आने की खुशी मे घर मे बडे स्तर पर शाम के खाने का आयोजन किया गया था। पराग भी शाम के लिए सूट बूट पहनकर तैयार हो जाता है। इधर जूही को भी घर की नयी उम्र की लडकियां अच्छे से तैयार करती है। यहा आज के दिन के लिए जूही की सासु मा ने उसके लिए गहरे गुलाबी रंग का जोडा तैयार करवाया था।जूही उसे पहनकर बहुत खूबसूरत लग रही थी। शादी की हल्दी का रंग उसपे निखर के आया था और मेहंदी तो चटख लाल रंग लेकर चढी थी।

पतली सी काया लम्बे बालो मे हल्के हाथो से गुंथी चोटी.. चेहरे पर बलखाती छोटे बालो की लटे और उसपे किया सिंगार गहने जूही के गेहुए रंग पर फब रहे थे। अब जूही के चेहरे पर भी मुस्कान थी। सब जूही से कुछ न कुछ बाते करने मे लगे थे। बीच बीच मे बडी भाभी आकर सबको चुप करा जाती और समझाती की परेशान मत करो ज्यादा। बाहर एक तरफ शामियाने मे मोटा बडा सा गद्दा बिछा रखा था उस पर और दो गद्दे रखे थे। उसपर सुनहरी और लाल रंग की मखमली चादर बिछा रखी थी। चादर के आसपास झालर लगी हुई थी। आस पास बडे बडे गुलदस्ते रखे थे। पीछे की तरफ कई रंग के और फूल गेंदा चमेली चंपा रजनीगंधा के फूलो की झालरे लगी हुई थी। शामियाने एक तरफ फूल और पत्तियो से बडा बडा पराग संग जूही लिखा हुआ था। जूही को उस गद्दे पर बैठा दिया जाता है। चेहरे पर आधा चेहरा छिपाए हुए झीनी सी ओढनी का घूंघट था। उस मे से उसका चेहरा हल्का हल्का नजर आ रहा था। मोहल्ले की और दूर से आए मेहमानों मे औरते धीरे धीरे एक एक कर आती जा रही थी और जूही का घूंघट उठाकर देखती मुंह दिखाई करती। फिर शगुन का लिफाफा या उपहार उसको दे जाती। रात गहरा चली थी। मेहमान भी सब सभी खाना खाकर लगभग वापस अपने घर को जा चुके थे। अब बस घर के लोग ही बचे थे। एक खाना परसने वाले को बुलाया जाता है और उससे कहा जाता है कि अब बाकी बचे सभी सदस्यों के लिए टेबल पर खाना लगा दे। दूल्हा दुल्हन की एक ही थाली लगाई जाएगी दोनों को साथ ही बिठाया जाएगा।

थोड़ी ही देर में टेबल पर सबके लिए खाना लगा दिया जाता है। जूही और पराग को बिठाया जाता है। साथ में दोनों भाभी, दूर रिश्ते की आई नंद, सासू मां और सब लोग खाने के

लिए बैठ जाते हैं। सब लोग खाना खाना शुरू कर देते हैं इतने मे भाभी कहती हैं पराग सबसे पहले तुम अपने हाथ से जूही को कुछ मीठा खिलाओगे, फिर जूही तुमको अपने हाथ से मीठा खिलाएगी। उसके बाद तुम दोनों खाना चालू करोगे। दोनों ऐसे ही करते हैं पहले पराग जूही को अपने हाथ से खिलाता हैं फिर जूही पराग को अपने हाथ से खिलाती है, धीरे–धीरे करके सब लोग हंसी मजाक करते करते अपना खाना खत्म कर देते हैं। टेबल से उठकर भाभी जूही को उसके कमरे में भेज देती है। सभी अपने अपने कमरे में सोने चले जाते हैं। पराग भी जूही के पास उसके कमरे में आ जाता है यहां से जूही और पराग के जिंदगी की नई शुरुआत होती है।

अगले दिन सुबह पराग चाय के लिए कमरे से निकल कर बाहर कमरे में आ जाता है। और जूही को भी भाभी सुबह चाय देकर जल्दी उठकर नहाने धोने के लिए बोलती है। जूही सुबह तैयार हो जाती है घर के बाकी लोग भी सब धीरे–धीरे नहा धोकर सुबह पूजा पाठ कर लेते है। जूही यह सब होते देख रही थी वहां देख रही थी कि यहां नाश्ता करने से पहले ही सब नहा धोकर पूजा कर लेते हैं। नाश्ते का समय हो जाता है, तब जूही की सासु मां और भाभी सब उसके साथ बैठकर नाश्ता करते हैं सासू मां कई बातें जूही को घर के बारे में बताती हैं। वह घर की नियम कायदे कैसे क्या काम करना है कैसे रहना है सब समझती है। और फिर जूही से कहती है वैसे तुम रहोगी तो धीरे–धीरे सब समझ में आ जाएगा। सासू मां बोलती है और तो सब समझ में आ जाएगा धीरे–धीरे तुम्हे। बस मेरा एक नियम है की सुबह जल्दी उठकर नहाकर रसोई घर में जाना होता है उसके बाद ही खाना कुछ बनाते हैं। बिना नहाए खाना नहीं बनता है। क्योंकि हम लोग भगवान के लिए प्रसाद भी निकालते हैं। जूही गर्दन हिला के हां जी

कहकर चुप हो जाती है। मां बोलती है अभी तो तुम नयी नयी हो । रसोई मे तुम्हारा जाना रसोई पूजन के बाद ही शुरु होगा। वो बाद मे ही करेगे। पहले तुम लोग कुछ दिन घूम फिर लो। एक दूसरे को समय दोगे तो समझ भी पाओगे। और ये साथ मे बिताया वक्त हमेशा याद रहता है जूही।।

इतने में पराग भी आ जाता है। भाभी कहती है । पराग अभी तो दो दिन है तुम दोनो को शिमला घूमने जाने मे । इन दो दिन मे तुम तब तक जूही को अपना शहर काकू गढ़ी घुमा लाओ। जूही को अच्छा लगेगा । इतने दिन से पीहर में भी शादी का माहौल और फिर यहां आकर भी वो ही सब ....काफी थकान हो गई सबके बीच में रहकर।

अब तुम दोनों थोड़ी देर बाहर घूम आओ । मां भी दोनों को जाने के लिए बोल देती है। जाते जाते मां इतना जरूर बोलती है कि घर लेकिन समय पर आ जाना। ज्यादा रात न करना।

और हां खाना अगर बाहर खाना हो दोनो को तो बता देना पहले।

उस समय पेजर कि जमाना था। पराग के पास पेजर हुआ करता था।

तैयार होकर जूही और पराग दोनों काकू गड़ी घूमने के लिए निकल पड़ते हैं। जूही ने साड़ी पहनी हुई थी। हल्के हरे रंग की। हाथो मे भरी भरी चूड़ियां मांग मे सुर्ख लाल रंग का सिंदूर भरा हुआ। जूही नई नवेली दुल्हन की तरह माथे को आधा पल्लू से ढके हुए घर से निकलती है। पराग अपनी मोटरसाइकिल निकालता है और जूही से पीछे बैठने को कहता है। पराग मोटरसाइकिल स्टार्ट करता है, जूही मोटरसाइकिल को एक कोने से ही पकड़े हुए बैठी होती है। वह उसको बोलता है कि जूही अच्छे से पकड़कर बैठना। फिर वह अपनी

बाइक से उसको पहाड़ियों के रास्ते ले जाता है वहां सकरी सकरी सड़के थी। उन सकरी सड़कों पर वह बहुत धीरे–धीरे बाइक चला रहा था। जूही को वह समझाता है कि वह एक हाथ से उसको पकड़ कर बैठे। जूही को पहले तो संकोच होता है फिर हिचकिचाते हुए हाथो से वह अपना हाथ पराग के कंधे पर रख देती है। और दूसरे हाथ से उसकी कमर पकड़ लेती है। अब पराग धीरे–धीरे बाइक चलाता हुआ चल रहा था।

पहाड़ियों के रास्ते से वो ऊंचाई की ओर जा रहे थे। जूही के लिए ये एक अलग और पहला एहसास था। मन रोमांचित था, पराग का साथ...शायद उसको अच्छा लग रहा था। इस तरह तो पहले कभी नही घूमी थी वो। घूमी तो थी पर ये साथ.... कुछ अलग एहसास था। बारबार चोरी चोरी वह एक नजर पराग को देखती।

हल्के हल्के सूरज की रोशनी थी। सर्दियां शुरू हो चुकी थी। जूही ने एक शॉल ले रखी थी जिसको कंधे से अपने आप को ढका हुआ था। काफी देर आगे चलकर वह दोनों एक चाय की दुकान में बैठते हैं पराग जूही से पूछता है चाय लोगी या कॉफी। जूही कॉफी ऑर्डर करने को बोलती है। पराग दो काफी ऑर्डर करता है। जब तक कॉफी आती है पराग काकु गाड़ी के बारे में जूही को कई बातें बताता है जूही भी श्याम नगर के बारे में उसको बहुत सी बातें बताती है। दोनों अपनी अपनी जिंदगी से जुड़ी कई बातें एक दूसरे को बताते हैं । अपनी पसंद ना पसंद और बहुत सी बातें। कॉफी खत्म करके वहां से फिर चल देते हैं आगे दूर जाकर एक बहुत सुंदर सा गार्डन था पराग जूही को बताता है कि ये यहां का सबसे सुंदर जगह है। दोनों अंदर जाते हैं पूरा गार्डन घूमते हैं थोड़ी देर कहीं बेंच पर बैठते हैं कभी घास पर बैठते हैं ऐसे घूमते घूमते

वह वहां पर बने एक तालाब के किनारे पहुंच जाते हैं। तालाब के किनारे बहुत सुंदर नजारा था।

काफी देर तक दोनों बैठते हैं। जूही को वह जगह बहुत पसंद आती है पराग बताता है कि जब भी उसे कहीं अलग भीड़ से निकलने का मन होता है तो वह काकूगढी में इसी जगह आकर बैठता है। उसे इस तालाब के किनारे बैठना बहुत पसंद है। पूर्णमासी की रात को तालाब में दिखता चांद और भी सुंदर लगता है। जूही को वो पूर्णिमा वाले दिन लाने की बात करता है और बोलता है उस रात में जरूर आएंगे। जूही तुम भी देखना यह तालाब में दिखता चांद कितना सुंदर लगता है। जूही पराग की तरफ देखती है और मुस्कुराती है। जूही बोलती है पता है पराग मुझे भी इस तरह रात में बैठकर तारे देखना चांद देखना बहुत पसंद है और हां मुझे लिखने का भी बहुत शौक है। कभी–कभी जब मुझे बहुत मन करता है तब मैं अपनी डायरी में कुछ अपने मन का लिखती हूं। म्यूजिक सुनना तो मुझे बहुत ज्यादा पसंद है बिना म्यूजिक सुने तो मैं सो ही नहीं सकती।

काफी देर वहां बैठने के बाद बातें करते करते शाम ढलने लग जाती हैं। पराग जूही से कहता है जूही अब हमें यहां से निकल लेना चाहिए क्योंकि यह जगह शहर से काफी दूरी पर है और हम समय पर ही शहर की तरफ निकल चलते हैं। वहां पहुंचकर हम किसी अच्छे से रेस्तरां में बैठकर खाना खाएंगे। जूही और पराग दोनों उठकर बाइक से काकूगढी की ओर वापस निकल आते हैं। धीरे–धीरे शहर दिखने लग जाता है रात के 8 बज चुके थे। पराग जूही को शहर के एक अच्छे से रेस्तरां में ले जाता है। वहां जूही से उसके मन की पसंदीदा खाने की चीजों के बारे में पूछता है और बोलता है जो तुम्हें पसंद है वही बता दो। आज वही ऑर्डर करेंगे। जूही पराग से

बोलती है कि चलो दोनों में जो कॉमन है पसंदीदा खाने की चीज वही खाना ऑर्डर करेंगे। जूही स्पाइसी पनीर और दाल तड़का अपनी पसंद में बताती है पराग बोलता है जूही दाल तो घर में भी खा लेंगे हममममम स्पाइसी पनीर तो मुझे भी बहुत पसंद है और साथ में फ्राइड मिर्ची ग्रीन सैलेड पाइनएप्पल रायता तुम बताओ ..... जूही बड़ा खुश होती है अरे वाह यह सब तो मुझे भी बहुत पसंद है हां यही ऑर्डर कर दो। पराग वेटर को यह सब आर्डर कर देता है थोड़ी देर बाद गरमा गरम डिनर आता है। दोनों खूब हंसी मजाक करते हुए बातें करते हुए खाना खाते हैं... और घर की तरफ निकल आते हैं।दोनों के आने पर मां दरवाजा खोलती है क्योंकि भाभी तो ऊपर छत पर अपने कमरे में जा चुकी थी जूही सर पर पल्लू से आधा सा माथा ढके हुए नीचे नजरे का झुकाए हुए घर के अंदर आ जाती है।

मां पराग से सभी दरवाजे बंद करने को बोलती है। पराग सभी घर के दरवाजे बंद करके मां पिताजी के पास थोडी देर बैठता। उनके ब्लड प्रेशर शुगर सब मशीन से चेक करता है। फिर दवाई देकर उनके पास पानी का जग रखता है। दोनो को चादर ओढाकर बत्ती बुझाकर अपने कमरे मे आ जाता है। वो जूही को बताता है कि मा पिताजी दोनो के शुगर और ब्लडप्रेशर दोनो रहता है अक्सर। तो रात मे चेक करके ही सोना पडता है।कई बार रात मे तबियत बिगड जाती है। तो अस्पताल भी ले जाना पडता है।

और भी कई बातें पराग अपने मा पिता जी के बारे में बताता है। बातें करते करते दोनों को बहुत रात हो जाती। सारे दिन की घूमने की. थकान भी थी। तो उन्हे नींद आने लगती है और वो सो जाते हैं। सुबह होती है जूही जल्दी जाग जाती है और अलमारी से नयी साडी निकालकर सुबह जल्दी पहले

ही नहा धो लेती है। साडी को सलीके से पहनकर सिर पर पल्ला किए वो रसोई और कमरे के बीच में बने बैठक में एक छोटी मुढ्ढी लेकर बैठ जाती है। क्योंकि अभी वह रसोई में नहीं जा सकती है जब तक कि उसका रसोई पूजन ना हो जाए। मां भी नहा धोकर सुबह रसोई में आती है और चाय बनाती हैं एक चाय का कप जूही को पकडाती है और एक चाय का कप अंदर जाकर पराग को पकड़ाती हैं और उसे उठने को बोलती है। जूही को यह सब देख कर बहुत अजीब लग रहा था कि मां को सुबह सुबह उठकर चाय बनानी पड़ रही है। जूही मां से भाभी के बारे में पूछती है कि आज भाभी नहीं आई क्या मां??मां बताती है की भाभी रोज नहीं आती है जब हमें कभी कोई जरूरत पड़ती है या हमारी तबीयत ज्यादा खराब होती है तब वह हमारे लिए खाना बना देती है और आकर हमको देख भी जाती है।वैसे पराग और अनिल दोनों मिलकर मेरी हर काम में मदद करते है। वह मां से बोलती है कि मां मेरा रसोई पूजन करा दो तो मैं भी काम संभाल लूंगी। मां बोलती है नहीं अभी कुछ दिन तो तुम आराम से रहो फिर तो यह सारी जिंदगी का ही काम है यह जो समय है यह कभी वापस नहीं आएगा। इतने में लैंडलाइन फोन की घंटी बजती है मां फोन उठाती है मां नमस्कार करके हाल-चाल पूछ रही है फोन पर उनकी बातों से जूही को समझ में आ जाता है कि यह उसकी मां का फोन है घर से । जूही कुछ बोल नहीं पाती है और सिर्फ मां का मुंह देख रही थी कि वह कब फोन का रिसीवर जूही को पकड़ाए और कहे की जूही लो तुम अपनी मां से बात कर लो। हाल-चाल पूछने के बाद मां जूही को रिसीवर पकड़ा देती हैं । जूही अपनी मां से बात करने लगती है। मां जूही से उसके हाल-चाल तबीयत और सबके बारे में पूछती है । जूही की खनकती आवाज से मन को अंदाजा हो जाता है कि हां जूही अब पराग के साथ घर में खुश है।

उसको वहां अच्छा लग रहा है। अब वह पहले जैसी इतनी दुखी नहीं है। मां पूछती है जूही से जूही खुश तो होना?? वो चहकते हुए मां को जवाब देती कि हां मां सब बढ़िया है। मैं यहां पर बहुत खुश हूं पर आप मुझे आप कब बुला रही हो कब लेने आ रहे हैं बाबा। अच्छा चलो ये बताओ पहले की छोटी मिट्ठू और बाबा कैसे हैं सब मुझे याद करते हैं ना मुझे भी सबकी बहुत याद आ रही है। मां बोलती हां बाबा तुमको बहुत याद करते हैं। अब जल्दी ही शुभ दिन देखकर तुमको यहां ले आएंगे और तुम्हारी सास से भी पूछना होगा पहले। जिस दिन बोलेंगी फिर उस दिन आकर बाबा तुमको वहां से ले आएंगे। एक पग फेरा तो तुम्हारा अभी करना ही है महीने अंदर ही। पहले शादी के महीने भर में एक बार लड़की को पीहर आना ही होता है। पीहर.. कुछ अजीब लगा था ये सुनकर जूही को। जूही एक बार को चुप हो जाती है उसे लगता है कि इतने से दिन में उसका घर इतना पराया हो गया कि उसका नाम ही बदल गया। पर मां वो पीहर है ये ससुराल है... इस शादी के बंधन मे मेरा घर कहा खो गया।

फोन का रिसीवर रखकर जूही अपने कमरे में आ जाती है थोड़ी देर में पराग भी आता है वह जूही को उदास देखकर उससे पूछता है क्या बात है जूही क्या हुआ। ये आंखे भीगी हुई क्यो है क्यों इतना उदास हो। जूही उसको बताती है कि अभी मां का फोन आया था पराग। वो मुझसे मेरे हालचाल पूछ रही थी। और जब मैने उनसे श्यामनगर जाने के लिए पूछा तो उनका कहना था कि जल्दी ही पगफेरे की रस्म के लिए वो मुझे पीहर बुलाएंगे।

पराग बोलता है तो इसमे उदास वाली क्या बात हुई...... ओहहहहह!!!पराग एक लम्बी सांस लेते हुए मसखरी भरे

अंदाज मे बोलता है मतलब ये कि तुम मुझसे दूर नही जाना चाहती।

नही...हा .... मेरा मतलब ...जूही सकपका जाती है।

क्या फिर क्या बात है जूही ......पराग तपाक से बोलता है।

मेरा मतलब है दूर तो नही जाना पर ....पराग आज मां वो उस वाले घर के लिए पीहर बोल रही थी। और कहते हुए आंखे डबडबा आती है। रूआंसी आवाज मे जूही बोलती है कि पराग एसा क्यो है कि मां बाबा से मिलने के लिए तारीख सोचनी होगी शुभ दिन निकालना होगा और सबसे बडी बात घर नही अब पीहर जाना होगा। पराग मै कुछ समझ नहीं पा रही कि बस इतने से दिनों में एक लड़की के लिए उसका घर पीहर बन जाता है। पराग मैने कभी सोचा भी नही था कि रीति रिवाज एक लडकी को माता पिता से मिलने मे भी आडे आ सकते है। जूही बिना रूके सिसकीयो भरी आवाज मे बोलती ही जा रही थी। पराग दोनो हाथो से जूही का चेहरा थामते हुए समझाता है ।

बस बस जूही। चलो यहा बैठो.. कहते हुए उसे सहारा देकर पलंग पर बिठाता है। उसको पानी का गिलास थमाते हुए बोलता है पहले पानी पी लो फिर बात करते है। जूही घूंट घूंट भर पानी पीकर गिलास साईड टेबल पर रख देती है। पराग मुस्कुराता है और जूही को समझाता है देखो जूही ये तो हमेशा से ही होता आया है और बरसो से चला आ रहा है। सभी लड़कियों की शादी होती है उसके बाद उसका घर पीहर हो जाता है। पर उसके बदले तुम्हे अब ये घर भी मिला है। ये तुम्हारा अपना घर ही तो है। समझो तो सब कुछ है जूही। अपनी अपनी सोच है। क्या लडके क्या लडकियां शादी के बाद दोनो को दोहरी जिंदगी जीनी पडती है। लडकीयो को दो घर

की बेटी और लडको को दो घर के बेटे का किरदार निभाना होता है। ये नयी जिंदगी हमे सूझबूझ से रहना सीखाती है कि दोनो घरो मे तालमेल बना रहे। नाराजगी लोगो की फिर भी जायज है पर उसे देखकर अपना अच्छा करना नही छोड सकते। कौशिश ही बस कर सकते है कि सबको साथ लेकर चले। चलो आज दोनो एक वादा करते हर कठिन समय मे हम दोनो एक दूसरे का साथ देगे एक दूसरे की फैसले लेने मे पूरी तरह साथ देगे। कभी जिंदगी मे अगर डगमगाये भी तो प्यार से हाथ थामे ही रहेगे। एक दूसरे को समझाते रहेगे। पराग दोनो हाथो से जूही का हाथ थामते हुए बोलता है चलो अब मुस्कुरा दो। हम मुस्कुराहट से शुरूआत करेगे इस सफर की।

यह कहते हुए पराग जूही को बताता है कि आज शाम को उनके शिमला की टिकट है। रात में 8 बजे बस स्टैंड जाना होगा। वहां से डिलक्स बस है डायरेक्ट शिमला के लिए। वह जूही से कहता है वहां पहनने के हिसाब के कपड़े जमा लेना जूही मैं भी अपने कपड़े यहां रख दूंगा तुम हमारे दोनों के कपड़े एक ब्रीफकेस और एक बैग में जमा लेना। मै जरा बाहर जा रहा हूं मां पिताजी की दवाईयां लेने। पहले ही सारी दवाईयां लाकर यहा रख दूंगा। इतना बोलकर पराग बाहर चला जाता। जूही एक ब्रीफकेस निकालती है और उसमें खुद के और पराग के कपड़े जमाने लगती है। जब दोपहर में पराग वापस आता है तो दोनों साथ खाना खाने साथ बैठते हैं। खाना खाते हुए जूही पराग को बताती है पराग वहां तो साड़ी मैं नहीं पहन पाऊंगी और सूट मैं लाई नहीं हूं फिर मैं वहां क्या पहनुगी। पराग बोलता हैं अगर मेरी पसंद के पहनो तो मैं अभी जाकर पास में ही बाजार है ले आता हूं या फिर तुम साथ चल चलो। जूही बोलती नहीं पराग तुम ही ले आओ मैं जब तक और कपड़े जमा लेती हूं। पराग खाना खाकर जल्दी से पास

के बाजार में जाता है और जूही के लिए चार–पांच जोड़ी सूट्स खरीद लाता है। क्योकि मां को कतई पसंद नही था कि उनके घर की बहु सलवार सूट पहने। तो वह चुपचाप खरीद कर लाता है।

जूही उन सूट को भी अच्छे से ब्रीफकेस में जमा लेती है। पराग अलमारी से निकालकर एक कैमरा देता है और बोलता है जूही यह भी रख लो इसमें हम अपनी यादों को कैद करके लाएंगे। जूही उसको रख लेती है। शाम होती है मां दोनों के लिए रात के खाने का एक टिफिन बांध देती है पराग मां पिताजी को अच्छे से दवाईयों के बारे मे समझा देता है। और अनिल को भी समझा देता है कि कोई भी बात हो ऊपर से भाभी को बुला लेना। हम रोज फोन करेगे और जहा रूकेगे वहा का नम्बर भी बता देगे। वह दोनों घर से 6 बजे निकलते हैं। मां पिताजी चलते हुए दोनो को अपना ख्याल रखने को बोलते है। पिताजी एक ऑटो करके लाते हैं दोनों ऑटो में बैठकर बस स्टैंड पहुंचते हैं और वहां से शिमला के लिए बस पकड़ लेते हैं। बस में आधी रात तक बैठे दोनों बातें करते रहते हैं। अब आधी रात के बाद बस पहाड़ियों की ओर चल पड़ी थी। मिडवे पर रुकने पर दोनों उतार के वहां चाय पीते हैं और फिर बस वाला आवाज लगता है ....10 मिनट पूरे हो गए हैं सब लोग दोबारा से बस में आकर बैठ जाओ और बस आगे के लिए निकल पड़ती है। अब उन दोनों को धीरे–धीरे नींद आने लगती है और एक दूसरे के कंधे पर सर रखकर दोनों सो जाते हैं। एक बडी शाल दोनो ने अपने ऊपर डाल ली थी। ठंड बढ गयी थी। सुबह अचानक आवाज आती है 20 मिनट बस यहां रुकेगी सब लोग उतर के जिसको चाय पीना है वह पी सकता है कहकर कंडक्टर नीचे उतर जाता है। पराग की आंख खुलती है और पराग जूही को जगाता है जूही उठो देखो

चंडीगढ़ आ गया है। यहां हम उतरकर थोड़ा मुंह हाथ धो लेते हैं और चाय पी लेते हैं दोनों उतर कर मुंह हाथ धोकर फ्रेश होते हैं चाय पीते हैं और फिर दोबारा बस में बैठ जाते हैं। बस अब दोबारा चल चुकी थी पहाड़ियों के रास्ते होते होते बस आखिरकार शाम को 3 बजे शिमला पहुंच जाती है। हरी भरी ठंडी वादियों से घिरा शिमला शहर ....बर्फ पर पडती सूरज की रोशनी मे जगमगा रहा था। बस स्टैंड पर उतर कर वह दोनों होटल ढूंढने के लिए निकलते हैं। थोड़ा आगे चलकर बहुत से होटल उनको दिखने लगते हैं पहले कुछ होटल्स में रेट पता करते हैं फिर एक होटल मैं वहां अपना कमरा बुक कर लेते हैं। दोनों का सामान वहां का एक कर्मचारी लेकर ऊपर पहुंचता है वह दोनों उसके पीछे पीछे उसके साथ अपने कमरे में पहुंचते हैं। कमरे में सामान रखकर वह वापस चला जाता है। जूही और पराग उसके जाने के बाद अपना कमरा बंद कर लेते हैं और धममम से बिस्तर पर दोनों पड़ जाते हैं। इतने लंबे सफर के बाद बहुत थकान हो गई थी दोनों एक बार कमरे की खिड़की के पास जाकर बाहर का नजारा देखते है। खिडकी से दिखते पहाड और बर्फ.... नजारा बहुत ही सुंदर दिख रहा था। पराग बोलता है थोड़ी देर आराम करके फ्रेश होकर जूही हम लोग शाम को घूमने निकलेंगे

कुछ देर आराम करने के बाद जूही और पराग फ्रेश होकर कपड़े चेंज करते हैं। ऊपर से गर्म कपड़े फरवाला लंबा सा कोट, सिर के ऊपर मखमली टोपा लगाकर दोनों जेब में हाथ डालकर कंपकंपाते हुए से ठंड का मजा लेते हुए माल रोड की तरफ निकल पड़ते हैं। माल रोड पर किनारे लगी रैलिंग्स पर सहारा लेकर खड़े होते हैं। वहां से शिमला का पूरा व्यू नजर आ रहा था। आसपास पहाड़िया, पहाड़ियों में शहर रात की लाइट से जगमगा रहा था। पराग अपने कैमरे से फोटोस लेने

लगता है। कुछ जूही की खुद की दोनो के साथ साथ बहुत सी पिक्चर्स क्लिक करता है। आसमान बिल्कुल साफ-साफ दिखाई दे रहा था। यूं तो काकूगढी भी पहाड़ी इलाका है। लेकिन शिमला ज्यादा ऊंचाई पर है इतना ऊंचाई से आसमान ज्यादा पास और साफ साफ नजर आ रहा था। सितारो की टिमटिमाहट साफ दिखाई दे रही थी। और आज फिर कई दिनो बाद जूही आकाशगंगा देख रही थी... उसके एक एक सितारे को बडे गौर से देखने की कौशिश करती है जूही... । जूही की आंखे मानो आकाशगंगा से कुछ सवाल कर रही हो। एक अलग एहसास होता है जूही का आकाशगंगा को देखते हुए। उसे जैसे खुद पर आत्मविश्वास हो जाया करता कि कभी न कभी वह अपने सपने जरुर पूरा करेगी।

जिंदगी के ये हसीन ख्वाब बनके महबूब तस्वीरो मे झांकते है...

पलको को है....इंतजार कब मिलेगें हमसे वो ...हम इश्क सा संवारते है।।।

दोनो और आगे टहलते हुए निकल जाते है। एक जगह चाय पीने खडे भी होते है लेकिन ठंड बहुत ज्यादा होने के कारण चाय की गर्माहट महसूस ही नही होती। फिर वहां से पलट कर वह दोबारा मॉल रोड की तरफ आ जाते हैं वहां कई सारे ढाबे थे किसी एक पंजाबी ढाबे पर रुककर वह खाना खाने बैठ जाते हैं जूही और पराग दोनों दाल मखनी और लच्छा पराठा उसके साथ अचार और छल्लेदार प्याज और टमाटर की सलाद लेते हैं । दोनों को उसे खाने में बहुत ही आनंद आता है खाना खाकर वहां से फिर अपने होटल के लिए निकल जाते हैं। एसे घूमते और बातो मे कब तीन दिन बीत जाते है पता ही नही चलता। पराग और जूही अब बहुत करीब आ चुके थे। अगले दिन जब दोनो मनाली के लिए निकलते है

तो एक टेक्सी बुक करते। टेक्सी से मनाली वो रास्ते मे रुकते रुकाते पहुंचते है। जूही पराग को टोकती है बार बार रुकने पर। लेकिन पराग को फोटोग्राफी का बहुत शौक था । इतने सुंदर नजारो को वो अपने कैमरे की कैद मे कर लेना चाहता था। वो जूही को भी इत्मीनान रखने को बोलता है। कहता है जूही ये पल ये वक्त और ये उम्र फिर कभी वापस नही आएगी। इस समय को हम दोनो के लिए बस जीते है। ये समय सिर्फ और सिर्फ हम दोनो का ही है। इसलिए जब मन होगा चलेंगे जब मन होगा रुकेंगे जब चाहे सोएगे जब चाहे उठेगे जब चाहे खाएगे पीएगे घुमेगे और बस इस पल मे हम तुम ही होगे।दो दिन बाद तो वैसे भी घर जाना ही है। फिर से वो ही रोज का कामकाज शुरु हो जाएगा। उस कामकाज के साथ शुरू होगा हमारी जिंदगी का सफर। तो अभी केवल एंजॉय करते है।

पराग बहुत ही मस्ती के मूड मे था। उसकी ये बाते जूही को बता रही थी कि जूही को पाकर वो बहुत खुश है। उसे सब कुछ बहुत अच्छा लग रहा था। पूरे पांच दिन बीत जाते है। जूही पराग वहा से निकलने की तैयारी करते है। दोनो मिलकर बेग पैक करते है। फिर होटल के बिल भरकर के वहां से निकल लेते हैं। बस स्टैंड पहुंचकर रात में 10 बजे की बस पकड़ते हैं और फिर अगले दिन दोबारा अपने शहर काकूगड़ी दिन में दोपहर बाद लगभग 4 बजे तक पहुंच जाते हैं। घर पहुंच कर दोनों पहले मां पिता जी से मिलते हैं उनके पैर छूकर आशीर्वाद लेते हैं। मां पिताजी भी दोनों से मिलकर बहुत खुश होते हैं। अनिल भी दौड़ कर आ कर अपने भाई के गले लग जाता है। पराग पूछता है कैसे होने अनिल। वह बहुत खुश होकर बोलता है ठीक हूं भैया और वह भी अपनी भाभी के पैर छूता है। थोड़ी देर बैठने के बाद मां सबको चाय बना कर पिलाती है। जूही मां से कहती है मां अब बस आजकल में

अच्छा सा दिन देखकर आप मेरा रसोई पूजन करा दो । मुझे यूं बैठे बैठे आपको काम करते देखना अच्छा नही लगता । मैं भी कमरे में बैठी बैठी क्या करूंगी ।

मां बोलती है ठीक है कल सुबह का समय देखकर हम पूजन कर लेंगे अब तुम दोनों जाकर कमरे में अपने आराम कर लो मैं खाने की तैयारी करती हूं। शाम का खाना बनाकर मां दोनों को खाने को बोलती है। पिताजी को भी खाना लगा दिया जाता है। रात का खाना खाकर सब अपने अपने कमरे में चले जाते हैं। अनिल मा पिताजी के पास ही सोता है। अगले दिन सुबह जूही पहले की तरह ही जल्दी उठ कर नहा धोकर तैयार हो जाती है। अनिल मां से जिद कर रहा था कि आज मैं स्कूल नहीं जाऊंगा भाभी मां की रसोई पूजन में मैं भी घर पर ही रहूंगा। पराग मां को समझाता है कि रहने दो मां आज इसको मत भेजो। यह हमारे साथ ही रहेगा आज। सुबह के नाश्ते के बाद मां रसोई साफ करके जूही को रसोई में बुलाती हैं और सबसे पहले उसको कुछ मीठा बनाने को कहते हैं। जूही मीठे में आटे का हलवा बनाती है और फिर उसके बाद पूरी सब्जी खीर रायता सब बनाया जाता है। सब लोग मिलकर खूब तारीफ करते हुए जूही के हाथ का बना खाना खाते हैं। पिताजी जूही को आशीर्वाद देते हैं और शगुन में उसे सोने की अंगूठी देते हैं। पराग बोलता है कि मेरी भी छुट्टियां खत्म हुई जूही अब मुझे भी अपना बिजनेस फिर से संभालना होगा। मैं अब अपने काम में वापस लग जाऊंगा तुम अपने काम में लग जाओ। मां बताती है कि अभी तो दो दिन बाद जूही के भी मां बाबा इसकी पहली विदाई के लिए आ रहे हैं जूही भी सुनकर खुश हो जाती है बड़े आश्चर्य से बोलती है मां और बाबा मुझे लेने आ रहे हैं। पर यह सुनकर पराग का चेहरा उतर जाता है उसको लगता है कि यह कुछ दिनों में उसको जूही के साथ

की आदत हो गई है उसके जाने के बाद तो बहुत ही सूना लगेगा। पर जाना तो उसको है ही मां पराग से कहती है कि यह पहली बार जाएगी और इसके मां– बाबा इसको लेने आ रहे हैं तो कुछ तैयारी करवा देना पराग । पराग बोलता है ठीक है मां तुम बता देना कि क्या करना है। और जूही की तरफ देखते हुए वह घर से बाहर निकल जाता है यह कहते हुए कि वह कुछ काम से जा रहा है अब जूही रसोई का सारा काम खत्म करती है रसोई साफ करके घर के और साफ सफाई में लग जाती है मां उस को सारा धीरे–धीरे सब समझा देती हैं काम खत्म करके जूही वापस अपने कमरे में आ जाती है और बिस्तर पर लेट जाती है

लेटे हुए जूही के मन भी पराग को छोडकर जाने का ख्याल बैचेन कर देता है। इन कुछ दिनो मे जूही को भी जैसे आदत हो गई थी पराग की..... उसके साथ रहने और बातें करने की जूही सोचती है कि यह क्या हो रहा है मेरे साथ आज मुझे पराग से दूर होने के लिए इतना क्यों सोचना पड़ रहा है। क्यों मेरे मन में उसको लेकर इतने ख्याल आ रहे हैं। इतने दिनो मे उसने पराग के छोटे काम और चीजो का रख रखाव करना शुरु कर दिया था।

इधर दूसरी तरफ वो श्यामनगर पहुंचकर कहा कहा जाएगी किस से मिलेगी क्या क्या मां के हाथ से बनवाकर खाएगी सब ख्याली पुलाव पकाने शुरु कर दिए थे। काकूगढी से वो मां बाबा और दोनो छोटी बहनो के लिए कुछ गिफ्ट खरीदने की सोचती है। अगले दिन पराग अपने काम से ऑफिस के लिए निकल जाता है और जूही घर का सुबह का काम खत्म करके मां के साथ काकूगढी के मेन बाजार मे जाती है। और वहा से सबके लिए कुछ खरीद लेती है। शाम को जब पराग ऑफिस से आता है तो जूही उसके लिए चाय बनाती है और दोनों जब

साथ बैठकर चाय पी रहे थे तो वहां सारे गिफ्ट पराग को दिखाती है और पराग को बताती है कि उसने अपनी सारी तैयारी कर ली है कल सुबह बाबा उसको लेने आ जाएंगे पराग जूही को बराबर देखे जा रहा था और मुस्कुराते हुए बोलता है अच्छा तुम मुझे छोडकर जाओगी।

तुमको बहुत खुशी हो रही होगी अपने मां बाबा से मिलने की तुम्हारे चेहरे से ही दिख रहा है। अब जूही का दो-दो मन हो रहा था वहां पराग को कुछ नहीं कह पा रही थी। थोडा ठिनक कर बोलती है तो आप भी साथ चल लिजिए। कोई मनाही थोडे ही है।

जूही को मां और बाबा से मिलने की खुशी थी। अगले दिन सुबह जूही जल्दी जल्दी सब घर की सफाई करके खाना बनाने मे लग जाती है। दोपहर तक मां बाबा आ जाते है। मां बाबा के आने पर पराग के मां और पिताजी उनका खाना चाय नाश्ता सब करवाते हैं और उनको आराम करने को बोलते हैं बाबा बोलते हैं कि नहीं अब हमको जल्दी निकलना चाहिए नहीं तो बहुत रात हो जाएगी घर पहुंचने में।

घर में दोनों बच्चियाँ अकेली है और कह कर जूही को आवाज लगाते हैं। जूही चलते हुए अच्छी सी काम वाली सितारो से की साड़ी पहनकर सर पर पल्ला लिए हुए मां और पिताजी के पैर छूती है। और उनसे आशीर्वाद लेती है। मां पिताजी उसको आशीर्वाद देते हैं और अच्छे से रहने को बोलते हैं। उसे आशीष देते हैं। चलते हुए मां पिताजी जूही के मां बाबा को भेंट देते हैं और दोनों छोटी के लिए भी उपहार देते हैं। जूही मां बाबा के साथ श्याम नगर के लिए निकल जाती है ढाई घंटे के सफर के बाद वह तीनों श्यामनगर अपने घर पहुंचते हैं। घर पहुंच कर दोनों बहने जूही के गले लग जाती हैं जूही भी दोनों को बहुत प्यार करती है। बाबा कहते हैं हां

भाई अभी तो यही है जीजी तुम्हारी यही रुकेगी कई दिन। अभी सब खाना खाकर आराम करो। रात काफी हो गई है। रात मे जूही मां के पास ही लेटती है। मां से बातें करते करते हैं जूही को कब नींद आ जाती है उसे पता ही नहीं चलता। मां जूही को कंबल से ओढाती है और उसके पास में ही सो जाती हैं। सुबह होती है मां जूही के लिए चाय बना कर लाती है और उसे जगाती है। जूही मुंह धो कर चाय पीने बैठती है और मां से बातों में लग जाती है। जूही मा बाबा दोनो बहनो के लिए लाए सामान उन्हे देती है। अपने घर में जूही को ऐसे ही सब से मिलते बातें करते समय बीता जा रहा था। एक दिन वह अपने ऑफिस में भी मिलकर आती है उसे वहां सारा पुराना समय अपना याद आ जाता है। वहां इन सब चीजों को बहुत मिस कर रही होती है। उसके ऑफिस में काम करने वाले सब दोस्त पूछते हैं की कब तक हो,,, जूही बोलती है मुझे आए तो यहां कई दिन हो चुके हैं बस अब एक–दो दिन और फिर मैं वापस ससुराल चली जाऊंगी। थोड़ी देर सबसे मिलकर जूही वापस घर आ जाती है। फोन कॉल्स पर वह बराबर पराग से बात करती रहती थी उसकी बातें सुनकर जूही को लगता था की बहुत जल्दी ही पराग के पास पहुंच जाए क्योंकि पराग जूही को बताता था कि वह उसको बहुत मिस कर रहा है वह बार–बार यही पूछता था कि और कब तक रुकोगी कब आओगी वापस। 2 दिन बाद पराग जूही को वापस लेने के लिए श्याम नगर आता है मां बाबा और दोनों छोटी बहनें छोटी और मिठू सब पराग के साथ घूम कर आते हैं बाहर खाना खाते हैं। एक दिन पूरा सब साथ बिताते हैं। फिर पराग मां बाबा से बोलता है कि अब हमें चलना चाहिए क्योंकि ऑफिस में भी काम बहुत है। जूही अपना सारा सामान फिर से पैक करती है। मां उसे पहले विदाई देती है और गले लगा कर रूआंसी हो जाती है। जूही अपने आप को संभालती हुई मां को

बोलती है... क्या मां अब तो यह आना-जाना लगा ही रहेगा। मां बोलती है.... हां देखो अब फिर कब तुम्हारा आना होता है। जूही मां से कहती है नहीं मां मैं जल्दी-जल्दी आती रहूंगी। हम सब फिर घूमने चला करेंगे।

पराग के साथ गाड़ी में बैठकर जूही काकूगड़ी के लिए फिर रवाना हो जाती है। रास्ते में दोनों इतनी बातें करते हुए जाते हैं कि कब सफर कट जाता है उन्हें पता ही नहीं चलता। काकूगड़ी आता है वह अपने घर उतरती है। मां पिताजी से मिलती है और अपने कमरे में चली जाती है सुबह उठकर उसका वही रोज का नियम शुरू हो जाता है

पहले नहाना धोना फिर रसोई में जाकर अनिल का टिफिन बनाती फिर मां पिताजी और पराग लिए चाय बनाती, मां और पिताजी को चाय उनके कमरे में देती और खुद की और पराग की चाय लेकर अपने कमरे में आ जाती । कमरे में पराग को न्यूज़पेपर भी पकड़ा देती । दोनों बैठकर चाय पीते फिर पराग ऑफिस के लिए तैयार होने लगता और जूही पराग के खाने की तैयारी करने लगती। पराग का टिफिन बनाना मां बाबा के लिए दोपहर का खाना बनाना सबको खिलाना अनिल के स्कूल से आने पर उसका ध्यान रखना पढाई करवाना मा पिताजी को दवाई देना। मां के पैर दबाना साफ सफाई करना यह सब करते-करते जूही का दिन कैसे बीत जाता था जूही को पता ही नहीं चलता था। शाम होती पराग घर आता फिर वही खाना साथ बैठना और सो जाना जूही की रोज की जिंदगी ऐसे ही चलने लगी थी

मां और पिताजी दोनों को शुगर की बीमारी थी। कई बार ऐसा हुआ था कि मां को अस्पताल ले जाना पड़ा था। पिताजी तो फिर भी अपना ध्यान रख लेते थे लेकिन मां की हालत ज्यादा बिगड़ जाती थी। जूही तन मन से मां की सेवा में लगी

रहती और घर का भी पूरा ध्यान रखती। वह अनिल का भी पूरा ध्यान रखती थी। जैसे पहले घर में मां ने कभी अनिल को महसूस नहीं होने दिया की उसके मम्मी पापा नहीं है ऐसे ही जूही भी अनिल को बहुत प्यार करती थी ।क्योकि जूही के कोई भाई नही था ता वह उसको अपने छोटे भाई जैसा ही रखती थी। वह अनिल की पढ़ाई का सारा काम करती उसके लिए कुछ बाहर से सामान लाना होता उसको पढ़ने में मदद करना उसके मन का खाना बनाना सब कुछ करती थी। अनिल भी भाभी से बहुत खुश रहता था। मां की तबीयत ज्यादातर सही नहीं रहती थी इसलिए वह दिमाग से थोड़ी चिड़चिड़ी भी हो गई थी। 5 – 6 महीने होने के बाद वह जूही को कई छोटी–छोटी बातों पर टोक दिया करती थी। क्योंकि मां को खुद के हाथ से काम करने की आदत थी तो उन्हें जल्दी से किसी और के हाथ का काम पसंद नहीं आता था। जूही भी इस चीज को अच्छे से समझती थी कि घर के बड़े बूढ़े सब ऐसे ही होते हैं वह बच्चों जैसे हो जाते हैं वह मां की सारी बात मानती थी। मां जैसे–जैसे कहती थी सब वैसे ही करने की पूरी कोशिश करती थी। लेकिन कहीं कभी कुछ हो जाता तो मां अक्सर रूठ जाया करती थी। पिताजी हमेशा उन्हें यही समझाते थे की नई–नई बहू है इस तरह से बर्ताव मत किया करो। मां समझ भी जाती थी। उनको बिल्कुल नहीं अच्छा लगता था बाद में कि वह जूही को कुछ बोल देती है। वह बाद में जूही को बुलाकर उससे प्यार से बात भी कर लिया करती थी। वह टोकती जरूर थी लेकिन जूही को प्यार भी बहुत करती थी। जूही की जिंदगी पराग मां पिताजी अनिल बस इनके ईर्द गिर्द घूम रही थी।

अब उसे घर के सभी काम करने समझ मे आने लगे थे। कुछ जरूरत होती तो वो पराग से बोल दिया करती या बाजार

से साथ जाकर ले आती।सप्ताह मे एक दिन पराग के साथ बिताने को मिलता। उसमे भी घर के बाहरी काम मे वो दिन निकल जाता।

कभी-कभार ऊपर से भाभी भी जूही से मिलने नीचे आ जाया करती थी पर जूही को उनसे कोई भी मदद की उम्मीद नहीं थी। जूही को समझ में आ गया था कि भाभी वैसे मिलना जुलना सब करेंगी पर समय पर साथ नहीं दे पाएंगी। यह उनका स्वभाव था ही नही। इसलिए जिम्मेदारी उसे खुद को ही उठानी है घर की। पहले जूही को लगता था कि शायद उसके कहीं आने जाने से पीछे से भाभी मां और पिताजी को संभाल लेंगी। पर ऐसा नहीं था मां ने जूही को बताया था कि वह मजबूरी में साथ दे दिया करती थी पर मन से नहीं करती थी। पर जूही के साथ ऐसा नहीं था वह ऊपर रह रहे अपने ताऊजी और ताई जी के भी काम कर आया करती थी। वह उनका भी मान रखती थी। जूही बिल्कुल साफ दिल की थी उसको इससे बिल्कुल मतलब नहीं था कि भाभी उसके यहां आती है या नहीं आती लेकिन जूही दोनों घरों का ध्यान रख लेती थी। कभी भाभी को बाहर जाना होता था तो वह ऊपर ताऊजी ताई जी को भी संभाल के आती थी। पराग इस चीज से बहुत खुश था वह जूही की इस समझदारी का सम्मान करता था। उसे लगता था कि उसको एक परफेक्ट जीवन साथी मिला है। पराग भी जूही का पूरा ध्यान रखता था। उसे लगता था की जूही उसके पूरे घर का ध्यान रखती है तो जूही का ध्यान रखने वाला भी कोई होना चाहिए। वह उसे किसी चीज की कमी नहीं महसूस होने देता था जितना हो सकता था जूही को समय देता था उसके मन की बात को समझता था

उधर श्याम नगर में घर में कभी कुछ होता तो वे लोग जूही को फोन करते उसको बुलाने के लिए। वे लोग बोलते जूही

अगर आ सकती हो तो उस दिन आ जाना। जूही पूरी कौशिश करती लेकिन घर को छोड़कर वह नहीं जा पाती है। किसी दिन कोई काम आ जाता किसी दिन कोई काम आ जाता। ऐसे उसका समय निकलता जा रहा था। और वह समझने लगी थी कि अब छोटी–छोटी बातों के लिए वह श्यामनगर नहीं जा सकती। वहां से उसका कुछ हद तक का सफर खत्म हो चुका है। अब वह उसे घर के हर काम का हिस्सा नहीं है। उसको इस घर की जिम्मेदारी पहले निभानी है।अपने आप को उसने समझा लिया था की जो कुछ है अब यहीं है, उस घर के बारे में ज्यादा उम्मीद नहीं लगानी है।एक दिन सुबह–सुबह की बात है पिताजी सुबह के नाश्ते के लिए टेबल पर बैठे थे और अचानक ही वह कुर्सी से गिर पड़ते हैं घर में एक हड़कंप सा मच जाता है, हंगामा हो जाता है सब चिल्लाने लगते हैं कि क्या हो गया क्या हो गया पिताजी।।

पराग जल्दी से पिताजी को अस्पताल लेकर जाता है वहां पता चलता है कि उनको साइलेंट अटैक आया है। पराग पूरी तरीके से पिताजी के लिए अस्पताल में लग जाता है उनका ऑपरेशन उनकी दवाई उनके साथ रुकना सारी जिम्मेदारी पराग पर ही आ जाती है। कई बार जूही बोलती है कि पराग दिनभर मैं रुक जाती हूं तुम रात में रुक जाया करो पर पराग नहीं मानता है। वह उसको मां और घर की देखरेख के लिए बोलता है। फिर जूही को अस्पताल जाने आने मे भी परेशानी होती क्योकि जूही को खुदको तो गाडी चलानी नही आती थी। उस समय जूही को एहसास होता है कि काश उसको भी गाड़ी चलानी आती तो वह पराग की कुछ मदद कर पाती। आठ दस दिन अस्पताल में रुकने के बाद पिताजी को घर के लिए छुट्टी मिल जाती है। पराग पिताजी को लेकर घर आता है। उनको वहां बहुत सलीके से बिस्तर पर लेटा देता है। और बहुत ध्यान

रखा जाता है। हर चीज समय पर देना हर दवाई समय पर देना बहुत हल्का खाना देना। खाना कब देना है कैसे देना है डायबिटीज नापना बी पी नापना पूरा काम जूही संभाल रही थी। कई दिन अस्पताल में रहने के बाद अब पराग अपने ऑफिस के काम में फिर से लग गया था। मां की भी तबीयत सही नहीं रहती थी। इसलिए जूही के ऊपर ज्यादा जिम्मेदारी आ जाती है। वह दिन–रात कभी मां के लिए कभी पिताजी के लिए कभी अनिल के लिए कुछ ना कुछ काम में लगी ही रहती थी। सब भूल चुकी थी उसको अपने सुबह शाम दिन रात किसी चीज का होश नहीं था। वह बस दिल से यही चाहती थी कि पिताजी जल्दी से स्वस्थ हो जाएं और फिर से पहले की तरह सामान्य जिंदगी जीने लग जाए। जूही की इतनी सेवा से पिताजी बिल्कुल स्वस्थ हो जाते हैं। और पहले की तरह ही रोज का रूटीन चालू कर लेते हैं।

जूही के मां बाबा भी पिताजी से मिलने का काकुगड़ी आते हैं इस बहाने जूही का भी मां और बाबा से मिलना हो जाता है। वह मां और बाबा के लिए खाना बनाती हैं, उनके साथ बैठती है उनसे खूब बातें करती है। अगले दिन मां बाबा वापस घर को चले जाते हैं। जूही का मन थोड़ा उदास हो जाता है मां बाबा के वापस जाने के बाद। उसे अपना पुराना समय मॉ बाबा के साथ गुजरे दिन याद हो आते है।

...........वाकिफ नही थे उन लम्हो से....बहुत कमसिन थे वो..... ......वक्त जैसे जैसे गुजरता गया ....यादो मे जवां होते गये वो.... ..एक काश पर जिंदगी रूक गयी .....कैसे मुठ्ठी मे बंद कर कर लेते ...जब अपने थे ही नही वो...बहुत सहेज कर रखा है

यादो के घरोदों मे उन्हे ... .एक अनमोल सा ख्वाब बन के बस रह गये वो...।।।

कुछ दिन बाद पिताजी पूरा तरह से स्वस्थ हो जाते है। एक दिन पराग है जूही से बोलता है जूही तुम्हें भी अगर श्यामनगर अपने मां बाबा से मिलने जाना हो तो मैं ले चलूंगा बहुत दिन हो गए हैं। तुम यहा काम में बहुत व्यस्त हो कई दिन से। चाहो तो बाबा के पास थोडे दिन गुजार आओ। अब पिताजी पूरी तरह से स्वस्थ है।

अगर तुम्हें लगे तो मुझे बता देना मैं ले चलूंगा। जूही भी हामी भर देती है। दो-चार दिन रुकने के बाद जब जूही को घर में सब सही चलता हुआ दिखता है तो वह मां से पूछती है कि मां मैं कुछ दिन को श्यामनगर मां और बाबा के पास हो आउं। अगर आपको सही लगे तो। मां बोलती है ठीक है... थोड़े दिन तुम भी अपने मां बाबा के साथ रह आओ। अभी अनिल की भी छुट्टियां है तो मैं घर देख लूंगी। उनके इतना कहने पर जूही अपने कमरे में आती है

और जब पराग ऑफिस से आता है तो वह पराग से श्याम नगर जाने को बोलता है वह बताती है कि उसने मां से पूरी बात कर ली है पराग बोलता है ठीक है अब की शनिवार की शाम को हम लोग श्याम नगर की ओर निकलेंगे मैं तुम्हें वहां छोड़कर रविवार को वापस आ जाऊंगा। और अगले इतवार को मैं फिर से तुम्हें लेने आ जाऊंगा सात दिन तुम अपने मां बाबा के साथ अच्छे से रह लो तब तक मैं मां और अनिल मिलकर घर संभाल लेंगे। जूही से कहता है कि तुम तैयारी कर लेना जूही शनिवार को शाम को हम लोग निकल लेंगे। जूही यहां

घर के लिए सारे इंतजाम कर देती है। जो जो भी मां को पीछे से जरूरत पड़ने वाले थे।

फिर वहां अपनी भी जाने की तैयारी कर लेती है। शनिवार आता है शाम को पराग और जूही श्याम नगर के लिए निकल लेते हैं। अगले दिन इतवार को दोपहर में पराग वापस काकू गाड़ी आ जाता है। जूही श्याम नगर चली तो गई थी वहां मां बाबा से मिलकर वह खुश भी बहुत हुई। अपनी दोनों बहनों के साथ समय बिताती। दोनों बहनों से खूब बातें करती है उनको सब बताती कि घर में कैसे-कैसे रहते हैं क्या होता है। मां से भी देर रात तक बातें करती बाबा से अपनी सब फरमाईशे रखती लेकिन उसका एक मन तो काकूगड़ी में ही था। वहां उसको घर की चिंता हमेशा लगी रहती थी। मा पिताजी की दवाई समय पर होती है कि नही। अनिल की पढाई और पराग का समय पर खाना। उसे घर के लिए कई समान ऐसे थे जो उसमें सोचे हुए थे कि जब वह श्याम नगर जाएगी तो वहीं से लेकर आएगी। मां के साथ वहां बाजार जाती है और बहुत सारी चीज खरीदती है। रविवार फिर से आता है पराग जूही को लेने आ जाता है। जूही वापस से काकूगड़ी आ जाती है। सात दिन उसे घर को छोड़ने के बाद जब जूही दोबारा उस घर में आती है तो मानो उसको प्यार से गले लग रही थी घर के एक-एक कोने से मिल रही थी। अपना उसे घर पर पूरा हक समझते हुए वह साड़ी के पल्लू को कमर में खोसती है और साफ-सफाई और रसोई के कामों में लग जाती है। हर चीज को वापस से वैसे ही संभाल के रख देती है। अपने हाथ की रसोई जैसी छोड़ कर गई थी वैसे ही आकर दोबारा जमाती है।

मां को बोलती है मां बस अब मैं आ गई हूं अब आपको काम करने की जरूरत नहीं है। आप आराम कीजिए अब मैं

संभाल लूंगी अनिल से सारा उसका पढ़ाई के बारे में पूछती है और पराग से आफिस के कामकाज के बारे मे।

जूही के दिन बस ऐसे ही सुबह से शाम शाम से सुबह निकलते जा रहे थे। सुबह 5 बजे उठने से लेकर रात में 11 बजे तक का समय उसको पता ही नहीं चलता था। सांस लेने तक की फुर्सत नहीं होती थी। वह घर के कामों में सारा दिन लगी ही रहती थी।

दिन महीने और फिर एक साल पलक झपकते ही बीत गया।

आज जूही. पराग की शादी की पहली सालगिरह है। मां दोनो को आज मंदिर जाने को बोलती है और बोलती है दिन मे कही घूम आओ फिर रात मे मिलकर सब बाहर खाने पर चलेंगे।

लेकिन पराग को आफिस मे कुछ जरुरी काम था तो वो जूही के साथ सुबह मंदिर दर्शन करके आफिस निकल जाता है ये कहकर कि शाम को जल्दी घर आ जाएगा।

जूही भी दिन मे अपने सभी दूसरे काम खत्म करती है। अनिल स्कूल से आता है तो उसकी पढाई का भी देखती है।अनिल पढाई मे बहुत ढिलाई करने लगा था आजकल। जूही उसको समझाती है कि कि अनिल आगे जिंदगी के लिए कुछ लक्ष्य बनाओ बिना लक्ष्य बनाए आगे तुम नही सोच पाओगे कि क्या और कैसे करना है। खेल भी खेलने चाहिए लेकिन पहले अपनी पढाई जितनी निर्धारित की है वो खत्म करके। अगर हम अपने लक्ष्य से एक बार पिछड जाते है तो आगे वापस पकड पाना मुश्किल हो जाता है। उस समय फिर भार समझकर सब छूटता ही जाता है।

पढाई के अलावा कुछ आगे काम नही आता।

शाम होती है सब पराग के घर आने का इंतजार कर रहे थे। पर आफिस से आते आते पराग को 7 बज ही जाते है। वह घर आते ही जूही को सॉरी बोलता है। वो बताता है आज कुछ काम ऐंसा था कि देर हो गयी घर आने मे। जूही एक मुस्कान के साथ पराग अपनी नाराजगी ना होने का इशारा करती है।

सब जल्दी से तैयार होते है। जूही मां की दी हुई नयी साड़ी पहनती है।

पराग मन ही मन जूही को आज समय न देने के कारण उदास भी था। सब गाडी मे बैठकर एक साथ जाते है। जूही पराग को मां पिताजी आशिर्वाद देते है।

ऐसे ही जूही का जन्मदिन भी निकल जाता है। पराग की काम मे मसरुफियत बढती ही जा रही थी।इधर जूही भी घर की बहू ही बनकर रह गयी थी। पराग से सुबह नाश्ते तक का या रात मे 8 बजे के बाद खाना खिलाना जरुरत की सभी चीजे बस पूरी करने तक का सफर रह गया था। एक दूसरे की बाते सुनने समझने वाला समय बचता ही नही था।

वक्त की बेरूखियो मे उलझे.....अक्स को खुदके भूलते जा रहे है...क्यो न नजर हटाकर लोगो से....फिर रूबरू हो लूं रूह से अपनी....दिन तो ये यूंही गुजरते जा रहे है।।।

पराग जूही को अक्सर परेशान सा लगता था। पराग से जूही कई बार पूछने की कौशिश भी करती है पर पराग टाल दिया करता था।

एक दिन पराग कुछ ज्यादा ही परेशान दिखता है। तो जूही रात मे जल्दी काम खत्म करके पराग के पास बैठती है। वो पराग से बिजनेस के बारे मे फिर पूछती है। उसको बोलती है

पराग मै सब समझने की कौशिश करूंगी आखिर क्या बात है तुम आजकल ज्यादा परेशान रहते हो। कोई भी परेशानी होगी हम मिल बांट कर सुलझा लेगे। एक बार मुझे भी तो बताओ।

तब पराग हिम्मत करके बहुत भारी मन से बताता है कि ये बिजनेस अब इतना नही चल पा रहा है। इसमे घाटा आ गया है। पैसो की भी कमी आ गयी है। आगे का कुछ समझ नही आ रहा कैसे चलेगा बिजनेस। चलाने मे भी परेशानी है। और इसे बंद करने मे भी। बंद कर दिया तो कैसे गुजारा होगा। आगे घर कैसे चलाएंगे। जूही भी ये बात सुनकर परेशान तो हो जाती है लेकिन पराग सांत्वना देती है कि चिंता मत करो। कोई न कोई रास्ता निकलेगा ही। चिंता कोई रास्ता नही है। जूही का भी काम मे मन नही लग रहा था। वो बस बेमन से काम निपटा दिया करती थी। और सारे दिन पराग के बारे मे सोचती रहती। उसने कई बार पराग के आफिस जाने का भी सोचा लेकिन घर की जिम्मेदारियां उसे रोक देती।वो परेशानी लेकर कोई काम नही करना चाहती थी। मां घर के कुछ कामो मे हाथ बंटाने के लिए बाई भी नही रखने देती थी। बाहर का कोई आकर घर के काम करे मां को नही पसंद था। एक एक काम जूही अपने हाथ से करती थी।

आखिरकार एक दिन रात मे जूही पराग को समझाती है कि पराग अगर परेशानी ज्यादा है तो इस काम को बंद कर दो। हो सकता है भगवान ने हमारे लिए कोई ओर रस्ता चुना हुआ है। ये कठिन जरुर है पर हिम्मत करके ये कदम उठाना ही होगा पराग। नही तो हम कर्ज की दलदल मे फंसते चले जाएगे। मै तुम्हारे साथ हूं पराग हर तरह से मिलकर कुछ भी करके इस परेशानी का सामना करेगे और नया काम शुरु करेगे।

पराग बोलता है लेकिन जूही नये काम के लिए पैसो की जरुरत भी होगी।

जूही बोलती है पराग शुरुआत करेगे तो सब हो जाएगा रस्ते आगे से आगे खुलते जाते है।

पहले इस काम से बाहर निकलने का सोचो कि कैसे जल्दी इसे खत्म किया जाए आगे का हम दोनो मिलकर सोचते है। और हां घर मे किसी को भी नही बताएंगे की घाटा होने कारण ये बंद कर रहे है। बस इतना बताएंगे कि नया काम भी शुरु कर रहे है साथ। फिर धीरे धीरे किनारा कर लेगे इस बिजनेस से।

पराग को जूही की बातो से हौसला मिलता है काफी हद तक बहुत हल्कापन महसुस करने लगता है। कही न कही उसे दूसरे काम के लिए विश्वास होने लगता है कि कुछ तो जरुर हो ही जाएगा।

एक दिन वो भी आता है कि पराग अपना पूराने वाले बिजनेस को बंद कर देता है। लोन बहुत हो चुका था। किश्तो की तारीख उसे परेशान कर देती। लोन की किश्ते हर मिडिल क्लास फेमिली का हिस्सा बनकर रह जाती है जो लंबे समय तक साथ चलती है।जूही ने नये बिजनेस के लिए अपने जेवर पराग को दे दिए थे। उसे बिल्कुल अफसोस नही था। वह पराग को बोल देती है काम अच्छा चल गया तो ये फिर खरीद लेगे। पहले घर की समस्या खत्म करनी होगी। वो ज्यादा जरूरी है। नये बिजनेस मे भी पैसे तो लग ही रहे थे। थोडे जमा पूंजी से घर चल रहा था। जूही ने बहुत ही समझदारी से घर के खर्च कम कर लिए थे। जब तक बहुत ज्यादा जरुरी न हो कुछ सामान नही लेती थी। घर मे मां पिताजी की दवाई ईलाज और अनिल की पढाई जरूरी थी।

बहुत बाद मे एक दिन जूही को भी पता चलता है और समझ भी आ जाता है कि अनिल मां पिताजी के पास ही क्यों रहता है। ऊपर वाली भाभी हर काम से बचना चाहती थी। ताऊजी ताईजी के काम से बचने के लिए भी वो मामूली सी नौकरी करने जाती। जिससे घर के बाहर ही रहे। शाम को ज्यादातर घूमने निकल जाती। रात मे इंतजार के बाद भाभी के न आने पर ताईजी खुद कुछ बनाती और खा लेती थी। लेकिन जबसे जूही को ये बाते समझ मे आई थी वो ताई जी ताऊजी को भाभी के घर न होने पर उन्हे भी खाना खिला देती थी। जूही की जिंदगी मे पैसो से ज्यादा प्यार का महत्व था।

अब जेवर के साथ घर की गाडी भी बेचनी पडी। मां पिताजी को बताया गया कि गाडी खराब हो रही है ठीक करवाने मे पैसे ज्यादा लगेगें तो ये वाली बेच रहे है। आगे कभी अच्छी गाडी देखकर खरीद लेगे जल्दी ही।

मां पिताजी से झूठ पर झूठ बोलना पराग को सही नही लग रहा था। पर मजबूरी थी। सच्चाई बताने मे भी डर था कि सब सुनकर मां पिता जी की तबियत ना खराब हो जाए।

अब नया काम शुरु कर लिया था पराग ने। बहुत कम खर्च पर चला रहा था वो इसे। स्टाफ भी कम लिया। खुद ज्यादा से ज्यादा काम करता। कई बार तो देर रात भी हो जाती। जूही पराग दोनो अपने अपने हिस्से का काम बहुत मेहनत समझदारी से कर रहे थे। पति पत्नी गाडी के दो पहिए जैसे होते है... ये कहावत बिल्कुल उनकी जिंदगी पर खरी उतर रही थी। दोनो ने जिंदगी को संतुलित किया हुआ था। बीच बीच मे जूही मां बाबा से श्यामनगर जाकर मिल आती थी। पर वहा उनके पास रुकती नही थी ज्यादा। क्योंकि घर की, पराग की, सबकी चिंता उसे हमेशा रहती। उसने बहुत कौशिश की कि

पराग के साथ आफिस जाए थोडा बहुत काम देखने मे मदद करे लेकिन दिन पर दिन मां ज्यादा बीमार रहने लगी थी।

उन्हे बहुत देर तक नही छोड सकते थे। 5,6 घंटे की बात तो थी नही आफिस मे सारा दिन ही लग जाता था। तो उसने घर संभालना ठीक समझा। उसे लगा पराग की सहायता घर की देखभाल करने से भी हो जाएगी। कम से कम मै मां पिताजी को देखूगी तो इनकी तरफ से तो कम से कम पराग निश्चिंत रहेगे।

घर परेशानियों से चल रहा था। लेकिन जूही ने अपनी मुस्कान अपना विश्वास नही खोया था।

अनिल की भी पढाई का खर्च बढ गया था। वो भी बडी कक्षा मे आ गया था।

चिंता और परेशानियों मे जूही का चेहरा थोडा मुरझाया थकान भरा रहता था।

कुछ दिन बाद घर की जरुरतों को देखते हुए कम बजट वाली एक छोटी कार पराग ने खरीद ली। कभी मा पिताजी को अस्पताल ले जाना हो या कुछ भी काम पड सकता है तो घर मे एक कार होनी चाहिए ये सोचकर उसने कार खरीदी।एक दिन एक दोस्त के घर कुछ कार्यक्रम था। वहा जूही पराग दोनो को जाना था। पराग शाम को जूही को 8 बजे तक तैयार रहने को बोलता है। वह बहुत समय बाद आज पार्टी मे सब दोस्तो से मिलता।

शाम को पराग 8 बजे आ जाता है । जूही फटाफट घर का काम निपटाती है। और तैयार होती है। पसीने मे भीगे बाल जिसमे ढंग से कंघी भी नही होती चेहरा भी थकान भरा। खुद को ही अच्छा नहि लग रहा था उसे। वो पराग को मना भी करती है कि तुम अकेले चले जाओ लेकिन पराग नही मानता।

वो समझाता है कोई कुछ नही देखेगा वहा सब बहुत अच्छे है। दोनो पार्टी मे पहुचते है। थोडा देर हो जाती है। वहा पहुंचकर पराग तो अपने दोस्तो के साथ हो जाता है । पर दोस्तो की बीवीयो की नजरे जूही के लिए सही नही थी। वो उसे नजरअन्दाज कर रही थी। बस थोडा औपचारिक तरीके से बात करती और जूही अकेली बैठी रहती। उसे कुछ तवज्जो नही दी। जूही को समझ आ रहा था की समाज मे ओहदा स्तर सब पैसो का खेल है। यूं ही तो कोई नही पूछता। जबकी पढाई मे इन सबसे आगे थी जूही। उसके बराबर कोई पढी हुई नही थी। बस पैसो का घमंड था सबको। बाकी कोई तमीज नही।

जूही को उस दिन बिल्कुल अच्छा नही लगा। उसने पराग को बोला भी लेकिन पराग ने इस बात पर ध्यान नही दिया। उसने उल्टा जूही को ही बोला तुम्हारी गलतफहमी होगी ये। ऐसाकुछ नही है जूही।

ये सब जूही के साथ एक बार नही बाद मे कई बार हुआ जब जब भी दोस्तो से मिलना होता उनका।

जूही को लग रहा था एक समय था जब कालेज मे आगे से आगे उसे पूछा जाता था। वो कभी भी हिचकिचाती तक नही थी।

और आज लोगो के सामने अपने आपको हीन महसूस कर रही थी।

पर उसे खुशी थी की वह अच्छे से घर चला रही है। सभी को संभाल रही है। पराग के साथ खडी है। कभी दिन सही जरुर होगे।

एक बार कॉलोनी मे दो चार घर छोडकर रहने वाली भाभी यूं ही घर मे सबसे मिलने आती है। वो जूही से बातो ही बातो मे बोलती है जूही तुम्हारी कम्प्युटर मे अच्छी पढाई की हुई है।

चाहो तो स्कूल मे जोब कर लो। मै बात कर सकती हू तुम्हारे लिए स्कूल मे। सेलेरी भी अच्छी मिल जाएगी।उनके जाने के बाद मां पिताजी को भी इस बात का पता चलता है तो पिताजी जूही को बोलते है कि अगर तुम्हारि ईच्छा हो तो जोब कर लो जूही।

जूही अपनी इच्छा के लिए तो नही हां घर चलाने पराग का साथ देने के लिए ये नौकरी के लिए अपने आपको राजी करती है। वो इस बारे मे पराग को भी बताती है। पराग को सुनकर अच्छा नही लगता। वह जूही को बोलता है कि एक बार घर की स्थिति थोडी सही हो जाए तो वह काम वाली बाई रख ले फिर जोब करे। नही तो बहुत थकान और परेशान हो जाओगी। जूही बोलती है पराग को कि मै सब संभाल लूंगी पराग घर बाहर सब काम कर लूंगी। और स्कुल मे थोडा समय कम की बात कर लूंगी। पराग प्लीज ये जोब करने दो। अभी घर मे पैसो की जरूरत तो है ही।हम दोनो मिलकर सब संभाल लेगे।

पराग जूही के कहने पर उसकी बात रखता है और उसकी नौकरी के लिए राजी हो जाता है।एक बात और समझाता है कि अगर कोई भी परेशानी हो घर मे या स्कूल मे तो छोड देना सब। परेशान बिल्कुल मत होना। मै धीरे धीरे सब सही करने की कौशिश कर ही रहा हूं।

मां को भी जूही अपनी नौकरी के बारे मे बता देती है। मां को वैसे नौकरी करना पसंद नही था। पर उन्होने घर की स्थिति भांप ली थी। उन्हे कही ना कही समझ आ रहा था कि घर मे कोई परेशानी चल रही है। जो ये दोनो हमे बता नही रहे। न चाहते हुए मां भी राजी हो जाती है। एक तरफ तो उनको घर की बहु नौकरी करे ये पसन्द नही था दूसरी तरफ जूही घर और बाहर दोनो तरफ के काम करे और उसकी थकान के बारे मे सोचकर परेशान भी थी।

जूही भाभी के बताए अनुसार स्कूल मे अपना रिस्युम देकर आती है। जूही को कम्प्यूटर डिपार्टमेंट का हेड बना दिया जाता है। वह कम्प्युटर से संबधित सभी काम संभालती थी और कम्प्यूटर स्टाफ भी देखना उसकी जिम्मेदारी थी।वह बहुत अच्छे से घर और स्कूल दोनो को संभाल रही थी। यहां उसने एक घंटे पहले जाने की बात प्रिंसीपल सर से पहले ही कर ली थी। इस कारण वो घर भी 12.30 तक आ जाती थी।

सुबह पराग उसकी काफी मदद कर दिया करता था। घर मे किसी काम मे कोई समस्या नही आ रही थी।सुबह को मां पिताजी के नाश्ते की तैयारी जूही करवा जाती थी। फिर पराग संभाल लेता था। फिर आफिस जाता था। घर आने से पहले मां दोपहर के खाने की तैयारी करके रखती।

1 बजे तक घर आकर जल्दी जल्दी खाना बनाकर वो खिला देती। ऐसे सभी के मिलकर काम करने से घर चल रहा था। हालांकि जूही को बहुत थकान हो जाती थी। क्योंकि बहुत समय बाद उसकी पूरी दिनचर्या पहले की तरह इतनी व्यस्त हुई थी। यही तो उसको अच्छा लगता था। पूरे दिन व्यस्त रहना।

अब जूही कि भी सेलेरी घर की जमा पूंजी मे शामिल होने लगी। घर खर्च मे काफी राहत मिल गयी। सब धीरे धीरे संभलने ही लगता है कि एक दिन मां की तबियत ज्यादा खराब हो जाती है। पराग जल्दी से आफिस से आता है और मां को अस्पताल ले जाता है। मां को डाक्टर अस्पताल मे एडमिट करने को बोलते है। मा की तबियत की वजह से जूही को स्कूल से छुट्टी लेनी पडती है। लेकिन मां को ठीक होने मे समय लग रहा था। अस्पताल से घर तो ले आते है पर डाक्टर उन्हे आराम करने का बता देते है। 5 दिन हो गये थे। स्कूल से फोन आने लगते है जूही के पास। जूही समझ नही पा रही

थी कि अब क्या करना चाहिए। उसको बहुत दुःख हो रहा था कि बहुत मुश्किल से सब सही होने के कुछ आसार थे। लेकिन अब.... अब क्या होगा।

बहुत सोचने समझने के बाद पराग जूही को बोलता है तुम स्कूल जाना शुरु करो जूही। मै देख लूंगा मा पिताजी को। पिताजी भी बोलते है सुबह का ज्यादा काम तो तुम दोनो कर ही जाते हो। पीछे से बाकी केवल पास बैठना और देखना ही है वो मै कर लूंगा। तुम दोनो अपना काम करो।

अभी जूही पर और ज्यादा जिम्मेदारी आ गयी थी। मां के खाने का अलग से कुछ बनाना होता है। अनिल का टिफिन अलग बनाती और पिताजी, पराग के लिए अलग। सुबह 4 बजे से उठकर वो काम मे लग जाती। सब तय कर लेती पर खुद को क्या खाना है क्या लेकर जाना है सब किनारे था। उस पर कोई ध्यान ही नही था उसका।

मशीन की तरह कर लिया था शरीर को। बिना आराम किए बिना कोई फरमाइश किए। किसी चीज की जरुरत ही महसूस नही होती। बस दिन रात चलना समय के अनुसार।

घर की देखभाल भी एक बच्चे की देखभाल से कम नही होती। एक एक काम एहतियात और निगरानी मे करना होता है। और सबसे बडी बात मन से करना। तभी घर से प्यार होता है। फिर तो घर की दिवारें भी मानो बाते करती है।जूही असमंजस मे हो रही थी। एक तरफ न घर छोडना चाहती थी और दूसरी तरफ नौकरी भी नही छोडना चाहती थी। वो समझ नही पा रही थी कि कौनसा रस्ता चुने। अंतद्वंद्व सा चल रहा था मन मे।

जूही मन मे चल रहे इस कौतुहल को किसी को बताना भी नही चाहती थी। वो इस बात को खुद तय करना चाहती थी

कि क्या किया जाए। सिर पर भार सा लगने लगा था। आखिरकार अपने आपको मजबूत करके बहुत भारी मन से वह नौकरी छोडने का फैसला ले लेती है। स्कूल मे इस्तीफा लगा देती है। बस 8,10 दिन की बात और थी महीना खत्म होने मे। उसके बाद वह स्कूल की जोब छोड रही थी।

..........हम मोह माया के भंवर मे फंसते चले जाते है, दहलीज जो अपनो तक बनी ,पार करने मे कतराते है..... खवाहिशो की तस्वीर मे रंग ही अलग थे ....अब देखे वो तस्वीर तो धुमिल से नजर आते है.....चाहत थी खुद की पहचान बना पाते ...खुशी बांटते उन चेहरो की जो उदास नजर आते है....बहुत आगे तक जाने की जिद ठानी थी ,पर रीति बंधन कुछ एसे भी जो तोडे नही जाते।।।।।

स्कूल से घर आते समय जूही की आंखो मे बहुत से सवाल जिंदगी को लेकर उठ रहे थे। क्यो हमेशा सपनो और जिंदगी के बीच एक फैसला लेना होता है। क्यो फैसला हमेशा जिंदगी के पक्ष मे ही होता है। सपने अगर हकीकत हो जाए तो वो भी तो जिंदगी का हिस्सा बन जाते है। देखा जाए तो जिंदगी हमेशा भारी होती है सपनो से। जूही सोच रही थी कि.........

........जिंदगी मे आगे बढने के लिए तो फैसले लिए जाते है... ....और जिंदगी के साथ चलने के लिए तो समझौते ही करने पडते है।......

भीगी पलको से वो घर की ओर बढती जा रही थी। घर आकर धीरे धीरे काम करने लगती है। मां पूछती है क्या बात है जूही आज सुस्त कैसे हो रही हो। तबियत तो ठीक है ना ? जूही बोलती है नही मां वैसे ही स्कूल मे आज काम ज्यादा था तो दौड़भाग मे लगी रही फिर सीधे घर आकर यहा काम मे लग गयी। मां ने बोला थकान ज्यादा हो रही हो तो खाना

खाकर पहले आराम कर लो। बाकी काम शाम को देख लेना। हा मां ऐसे ही करती हूं।

कहकर जूही खाना खाकर अपने कमरे मे चली जाती है। आज उसका कुछ काम करने का मन नही हो रहा था। बस कुछ देर खुद से बाते करने का समय चाहिए था। अक्सर जब भी जूही किसी बात से परेशान होती तो अकेले बैठकर अपने मन से सवाल जवाब करती। ढेरो बाते करती। कही न कही उसे वो जवाब मिलते और मन को भी शान्ति मिलती। वो उस समय मे अपने आपको समझा लेती थी।बस आज भी ये ही किया उसने। अब वो अपने फैसले से बहुत राजी थी और खुश भी थी। उसने समझ लिया था जिंदगी के पक्ष मे ही फैसले सही है।

काफी हल्का महसूस कर रही थी अब जूही।

शाम को पराग के घर आने पर वह उसको सब बता देती है। कि उसने आज स्कूल मे नौकरी से इस्तीफा दे दिया है।

पराग सोचता है जो जूही को पसंद था उसके खिलाफ कैसे फैसला ले लिया। पराग उससे कारण पूछता है। जूही एक लाईन मे बयां कर देती है... पराग मै अपने घर को नही छोड कर जा सकती। यहा सबको मेरी जरुरत है। मेरे बिना सब अकेला महसुस करते है। पराग जूही के इस प्यारे से जवाब पर मुस्कुरा देता है।

जूही पराग की शादी को समय हो गया था। दोनो तय किया था कि घर की स्थिति थोडी सही होने के बाद ही बच्चो के बारे मे सोचेंगे।

अभी भी पराग का बिजनेस ने तेजी नही पकडी थी। पैसो की समस्या तो बनी ही रहती थी। नो प्रोफिट नो लोस पर बिजनेस चल रहा था। बस का खर्च चल ही रहा था।

जूही सोचती है कि हम प्यार से अपने परिवार का एक जाल बुनते है और उस जाल मे खुद ही इतना उलझ जाते है कि कभी जरुरत पडने पर बाहर निकलने से डरते है।

हम अपने पैरो मे खुद बेडिया पहन लेते है।पर ईरादे मजबूत हो तो राह हर जगह है। सोचने का फर्क है। हार के नही बैठना चाहिए। बहुत से रास्ते होते है आगे बढने के। हार नही माननी चाहिए। ऐसे ही बुलंद इरादे लिए जूही कुछ ओर तरीके दिमाग मे लाने लगती है कि कैसे घर चलाने मे पराग की मदद करे। इस नौकरी से उसको ये तो पता चल ही गया था कि वो घर से बाहर नही निकल सकती। तो कुछ ऐसा करे की घर मे ही रहकर हो जाए।

घर के काम करते करते उसका दिमाग चल ही रहा था। रात होती है। वो खिडकी के पास जाकर बैठ जाती है। चांदनी रात थी। चांद देखना ही उसका सुकुन था। कुछ पल को वो सब भूलकर बस ठंडी चांदनी मे खो जाना चाहती थी। पराग को देर हो रही थी आफिस से आने मे। इसलिए अपनी पसंद का हल्की आवाज मे टेपरिकार्डर मे गाना चलाकर खिडकी के पास जा बैठती है। और चांद को आंखो मे भर लेती है। ये पल हमेशा से उसको सुकुन देने वाले होते थे। गाने सुनते सुनते उसको झपकी लग जाती है। कुछ देर बाद डोरबेल की आवाज उसकी झपकी तोड देती है। वो जल्दी से उठकर दरवाजा खोलती है। पराग अंदर आता है... पूछता है लगता है नींद आ रही है जूही तुम्हें। चाहो तो सो जाओ मै खुद परोस कर खा लूंगा खाना। जूही बोलती है आज तक ऐसा हुआ है क्या पराग कि तुम्हारे बिना खाए मै खाना खा लू। हमेशा साथ ही खाते है। तुम्हारा इंतजार ही कर रही थी मै। तुम कपडे बदलो मै जब तक खाना परोसती हूं। पराग के आने की आहट सुनकर मां भी उठ कर आ जाती है मिलने। आज देर हो गयी बेटा

बहुत.......... पराग बोलता है हां मां आज कही जाना था फिर किसी से मीटिंग थी अब फ्री हुआ था।

अच्छा.... चलो अब तुम दोनो भी खाना खा लो। कहकर मां वापस कमरे मे चली जाती है।

पराग मां के कमरे मे जाकर अनिल सो चुका था उसको भी प्यार करके आता है।

खाने पर बैठकर वो जूही से पूछता है अनिल की पढाई सब सही तो चल रही है न।

जूही बोलती है ऐसे देखा नही पर करता रहता है। कोचिंग भी बराबर जाता है। पराग बोलता है पर फिर भी ध्यान रखे रहना। उम्र एसी है कि अच्छे समझदार भी लडखडा जाते है। दौर सही नही चल रहा आजकल का वैसे भी। यही समय है जब दोस्ती और आदतें जिंदगी बना भी सकती है और बिगाड भी सकती है।

चलो समय मिलने पर मै भी बात करुँगा और तुम भी नजर रखना। घर मे सब सही रहे बस ये ही चाहिए। परिस्थितियों से तो फिर निपट ही लेगे।

जूही का कोई सहेली या मिलने वाला नही था इस शहर मे। वो सिर्फ इस घर तक ही सीमित थी। बाहर भी पराग के बिना नही जाती थी। शादी से पहले वो बाहर के काम आसानी खुद कर लिया करती। पर अब उसको जोर आने लगा था। हर काम वो पराग को बोल दिया करती।

एक दिन बैठे उसे ख्याल आया कि पहले भी तो वो घर पर टयुशन पढाया करती थी। क्यो न यहा भी टयुशन देना शुरु कर दे। उसने पराग मां पिताजी से इस बारे मे बताया। उनका यही कहना था जो तुम्हे ठीक लगे वैसा कर लो। पराग से बोलकर वो टयुशन सेंटर का बोर्ड बनवा लेती है और घर के

बाहर लगवा देती है। मोहल्ले मे सब जानते थे कि जूही पढाई मे बहुत अच्छी रही हुई है। और अनिल को तो पहले वो खुद ही पढाया करती थी।

बोर्ड देखकर कुछ लोग केवल बात करके ही चले कुछ लोगो ने बच्चों को पढने भेजा। जूही बहुत अच्छा पढाती थी। उसके बारे मे सुनकर उसके मोहल्ले के अलावा दूसरी जगहो से भी बच्चे पढने के लिए आने लगे।

जूही सुबह से उठने के साथ ही अपने मे दिमाग उस दिन की दिनचर्या और समय तय कर लेती थी। हर काम समय पर करती तो हर काम के लिए समय हो जाता था। कोई काम नही छूटता था।

शादी को काफी समय हो गया था अब। घर जैसे पहले चल रहा था वैसे ही अब भी चल रहा था। आए दिन कोई न कोई नया खर्चा तैयार रहता तो पैसे नही बच पाते। जूही अपने खुदके पास जमा करने की कौशिश करती कि उसकी कोई इच्छा पूरी कर लेगी या पराग के साथ बहुत दिन से कही काकूगढी के बाहर नही गयी तो हो आएगी। लेकिन ऐसा नही हो पाता। घर के किसी न किसी काम के लिए या कभी पराग के बिजनेस मे जरुरत होती तो वो बेहिचक दे दिया करती। उसको इसमे भी एक अलग खुशी मिलती।

घर मे मां पिताजी और जूही के मा बाबा भी अक्सर अब उनको टोकने लगे थे बच्चे के लिए। वो लोग सब हमेशा यही कहते ज्यादा भी देरी नही करनी चाहिए। घर मे हम सभी बडे लोग है मिलकर संभाल लेगे। पर जूही पराग ने इस बात को लेकर कोई मानस नही बनाया था। वो अभी इस संघर्ष वाली चलती हुई जिंदगी मे बिल्कुल भी अशांति नही चाहते थे। उनका मानना था परिवार बढते ही खर्च भी बढ जाएगा।

बहुत कुछ सोचते समझते पराग जूही की जिंदगी आगे बढती जा रही थी।

अनिल भी बारहवीं पास कर चुका था। साईंस का स्टुडेंट था अनिल। अच्छे नम्बर आए थे बारहवीं मे उसके। शहर के सबसे अच्छे कालेज मे आसानी से दाखिला मिल जाता है।

परेशानियों का सामना बिना किसी शिकायतों के जूही जिंदगी हसते मुस्कुराते और पराग को हौसला देते हुए जीए जा रही थी। काकूगढी तो दूर घर से बाहर निकले उसे कई दिन हो जाते थे। मा की तबियत इन दिनो ज्यादा खराब रहने लगी थी।

एक दिन ऊपर वाली भाभी वहा घर से निकलकर कही ओर रहने जाने के बारे मे बताती है। वो बोलती है इस घर का या तो सौदा करके पैसा आधा आधा बांट लेते है या ऊपर के हिस्से का पैसा दे दो। ये हिस्सा हमसे खरीद लो।

मां पिताजी घर को बेचने के बिल्कुल खिलाफ थे। खिलाफ तो ताऊजी ताईजी भी थे। लेकिन भाभी उनकी कभी चलने ही नही देती थी।

मां पिताजी ताऊजी ताईजी सबका कहना था इस घर मे अनिल का भी हिस्सा है। अगर हिस्सा बंटेगा तो तो अनिल का भी होगा। तीन हिस्से लगाए जाएगे। लेकिन भाभी को मंजूर नही था ये। वो बराबर बहस कीए जा रही थी।

जूही को यह सब पसंद नही आ रहा था। रोज रोज की इस बहस से परेशान होकर जूही मा पिताजी को समझाती है कि क्यो एक ही बात रोज दोहरायी जा रही है रोज बहस होती है घर मे भी माहौल खराब होता है। ताऊजी ताईजी भी दुःखी हो जाते है भाभी के व्यवहार से। इस उम्र मे तकलीफ देना सही नही है। इससे बढिया जैसा भाभी चाह रही है वैसा कर लो।

उपरवाला सबका इंतजाम करके देता है। हमको भी संभाल ही लेगा। हमको बस उतना ही मिलेगा जो हमारे हक मे है उससे ज्यादा नही मिल सकता। और कोई हमारा हक ले भी नही सकता।

फिर लडाई झगडा करने का कोई फायदा नही। जो हो रहा है शांति से होने दो। वो पराग से पैसो का इंतजाम करने को बोलती है।

पराग कुछ बेंक से लोन का इंतजाम करके भाभी को उनके हिस्से की किमत चुका देता है। हालाकि आसान नही था सब कुछ। लोन लेने के लिए भी बहुत मशक्कत करनी पडी थी। उस पर से एक किश्त और चालू हो गयी थी।

हर लम्हा..... वक्त एक ......और फिर एक ...हकीकत को रूबरू करवाता रहा ...हम दिल को कभी दिल हमको समझाता रहा ...।।।

रोज की से दस्तक अब .....सिहरन जगाने लगी है...आंखो की नमी भी अब सैलाब लाने लगी है।।

रेत के ढेर से ये ख्वाब ......वक्त की हवाओ मे खो न जाए कही...

खेल ये जिंदगी का कैसा ...बस मुझसे ही चाले चलता रहा।।

घर मे नया खर्च शुरु हो गया था। इसीलिए ऊपर के हिस्से को किराये पर देने का सोचते है सब लोग।

भाभी को बस अपना सोचना था। नयी सोसायटी मे जाने का पागलपन दिखावे वाली जिंदगी। उससे मतलब नही था कि इन सबसे कितने लोगो को परेशानी होगी।

मां पिताजी जैसे ताऊजी ताईजी के यहां से दूर होने से टूट रहे थे। घर मे उनके जाने सभी दुःखी थे। एक दिन वो लोग सब वहां से चले जाते है।

जूही समझ नही पा रही जिंदगी मे आए बदलाव को। हर बार हर मोड पर नयी नयी राहे मिलती जाती है कोई फूलो भरी तो कोई बंजर भी।

ये तीन साल कैसे निकल गये शादी के पता ही नही चला था। पराग का वो ही बिजनेस और जूही की ट्यूशन ... गृहस्थी की गाडी चली जा रही थी।

अनिल रोज कालेज जाने से पहले जूही से पैसे लेता था। कभी दोस्त की मोटरसाइकिल, कभी सीटी बस या आटो से कालेज जाता। अगर कही और भी जाना होता तो उसके पास गाडी नही होती। रोज की खरची देने से महीने का हिसाब गडबड हो रहा था। जूही एक दिन पराग से बात करके अनिल के लिए मोटरसाइकिल खरीदने की बात करती है। और बोलती है एक बैंक मे खाता भी खुलवा देते है। ऐसे खर्च भी उसका बंध जाएगा हर महीने का। हम एकमुश्त राशी उसके खाते मे महीने की शुरुआत मे जमा कर दिया करेगें। बस उसमे ही उसको महीने का गुजारा करना होगा। जब जेबखर्ची मिलेगी तो बचत की भी आदत पडेगी। पेट्रोल का भी सीमित रहेगा खर्च। वो फालतू नही घूमा करेगे इधर उधर।पराग को ये बात सही लगती है।

वो अनिल को एक बाईक दिलवा देता है। ये भी किश्तो मे ली थी। और एक बैंक मे खाता भी खुलवा देते है। अनिल को पराग समझा देता है कि जो तुम्हारे अच्छे के लिए होगा वो ही करेगे और तुम कभी गलत रास्ते की ओर मत जाना। अनिल बाईक लेकर बहुत खुश होता है। वो पराग को यकीं दिलाता है कि भैया

मै पढाई पर ही ध्यान दूंगा बस। और कही दिमाग भी नही लगाऊंगा। अनिल रोज अब बाईक से कालेज जाने लगता है।

बिजनेस मे इतनी किश्तों के कारण आय दिखती नही थी। अनिल हमेशा बोलता था भैया मै तो जोब ही करुगां। बिजनेस के लिए तो बहुत पैसो की जरूरत होती है।

अब जूही के पास ट्यूशन मे बच्चे भी बढ गये थे। अच्छी फीस मिलती थी लेकिन घर के खर्चो मे कहा गुम हो जाती पता ही नही चलती। कई बार जब वो पीहर जाती तो वहां मां टोक भी दिया करती क्या जूही तुम नयी साडी वगैरह नही लेती हो क्या।

तो जूही ये ही कहती मां पहली बात तो मुझे खुद ज्यादा लोगो के आना जाना मिलना मिलाना नही पसंद दूसरा मुझे भी ज्यादा शौक नही नये नये कपडे खरीदने का।

जूही ने अपने तकलीफ की बाते न तो कभी अपने मां बाबा को पीहर मे बतायी थी न कभी सास ससुर से ही जिक्र किया था पराग की मुश्किलो को लेकर। पहले भले ही खिलाफ थी शादी करने के लेकिन बाद मे तो बहुत से अरमान भी थे उसके।

समझो घर मे सब काम होते थे लेकिन जूही पराग दोनो खुदपर बिल्कुल खर्च नही करते। जब तक जरूरत का पानी सिर पे नही आ जाता वो कुछ भी नही खरीदते। रखे हुए से ही काम चलाते।

एक दिन सुबह सुबह काम करते हुए जूही की तबियत बिगड जाती है। वो चक्कर खाकर गिर जाती है। पराग उस वक्त बस आफिस जाने के लिए तैयार ही हो रहा था।रसोई मे गिरते हुए वो जोर से पराग को आवाज लगाती है... पराग.... पराग ।

पराग दौडता हुआ आता है। वो जूही का सिर अपने गोद मे रखता है। मां भी आवाज सुनकर रसोई मे आ जाती है। वो मां से बोलता है जूही के मुंह पर पानी के छींटे देने के लिए। मां पानी का गिलास लेकर छींटे मारती है।

जूही लडखडाते हुए उठती है। पराग उसे डाक्टर के ले जाने को बोलता है तो वह मना कर देती है। पर मां का दिमाग कही और ही चल रहा था। वो कुछ और ही सोच रही थी। मां जिद करती है पराग से कि ऐसे कैसे तबियत खराब हो सकती है। तुम पहले इसे डाक्टर के दिखा के लाओ। मां के जबर्दस्ती करने पर दोनो अस्पताल जाते है किसी महिला चिकित्सक के पास। वो समझ नही पा रहे थे कि एसी तो कोई हालत खराब नही थी मां ने महिला चिकित्सक को ही दिखाने को क्यो कहा।

जूही के नाम की पर्ची कटवाकर दोनो कतार मे बैठ जाते है और अपनी बारी का इंतजार करते है। एक के बाद एक फिर जूही का नंबर भी आ जाता है।

जूही अंदर जाती है। डाक्टर जूही को बैठने को बोलती है और पूछती है क्या हुआ है। जूही बताती है अपनी तबियत के बारे मे। अभी ठीक लग रहा है साथ मे ये भी बोलती है।

जूही को डाक्टर चेक करती है और साथ मे कुछ टेस्ट भी लिखती है। साथ मे मुबारकबाद देते हुए बोलती है गुड न्यूज है जूही... तुम मां बनने वाली हो। सुनकर जूही आवाक रह जाती है। उसे यकीं नही हो रहा था। इस बात के लिए अभी वो तैयार नही थी। वो ये बात डाक्टर को भी बताती है। पर डॉक्टर समझाते हुए बोलती है फस्ट बेबी है। फिर इतनी देरी के बाद है तो अब चांस नही खोना। नही आगे भी दिक्कत हो जाएगी। कम से कम इतने समय निकल जाने के बाद एक

बेबी हो ही जाना चाहिए। जूही अब घर जाओ और सारे टेस्ट करवा के मुझे जरुर दिखाने आना सारी रिपोर्ट।

जूही और पराग घर आते है। मां उत्सुकता से इंतजार ही कर रही थी।घर के अंदर घुसते ही मां पूछती है... क्या बताया डाक्टर ने। उस समय जूही पराग कुछ नही बताते। बस इतना ही बोलते है कुछ टेस्ट लिखे है मां पहले वो करवाने है। अभी कुछ भी नही बताया । सब ठीक ही बोला है वैसे। सुनकर मां चुप बैठ जाती है। क्योंकि वो तो कुछ और ही सुनना चाहती थी। फिर भी वो जूही के पीछे पड जाती है टेस्ट करवाने के। अगली सुबह सुबह दोनो सारे टेस्ट करवा लेते है। टेस्ट की रिपोर्ट शाम को मिलनी थी। पराग जूही से जूही शाम तैयार रहने को बोलता है। वो बोलकर निकलता है कि शाम को रिपोर्ट लेकर तुम्हें लेते हुए निकलूगां घर से।

जूही शाम का सारा काम पहले ही खत्म कर लेती है कि डाक्टर के जाना है। पराग शाम को रिपोर्ट लेकर घर जूही को लेता हुआ डाक्टर के पहुंचता है। डाक्टर सारी रिपोर्टस देखती है और प्रेग्नेंसी कन्फर्म कर देती है। साथ ही कुछ दिन का रेस्ट बता देती है।

सब कुछ जिंदगी मे सामान्य चल रहा था अचानक जिंदगी फिर करवट ले रही थी। जूही एक बार फिर जिंदगी के सामने हताश सी खडी थी। उसे फिर कुछ समझ नही आ रहा था कि क्यो ये सब हुआ। लेकिन पराग बिल्कुल चिंतित नही था। वो खुश था। उसकी जिंदगी मै कुछ नयापन सा लग रहा था। वो जूही को अपनी खुशी जाहिर करता है। वो बोलता है कि यह सुन कर उसे बेहद खुशी हो रही है। जूही पराग को इस तरह इतना खुश देखकर हैरान थी। उसे लग रहा था कि अब बच्चे की वजह से बहुत सी पाबंदियां लग जाएगीं। पराग भी उसे

बोलता है सब छोडो जूही... हम अब जिंदगी के हिस्से को पूरी खुशीयो के साथ जिएगें।

पर जूही को ट्यूशनस बंद करना पडेगा यह अच्छा नही लग रहा था। उसे लग रहा था घर मे कुछ सहारा ट्यूशनस से आए पैसो का। अब वो खत्म हो जाएगा जरिया। और न जाने फिर एक बार बहुत से सवाल जवाब दिमाग मे दौड़ाते जूही पराग के साथ घर पहुंचती है। घर पहुंचकर पराग मां को सबसे पहले खुशखबरी बताता है। मां सुनकर बहुत खुश होती जूही के सिर पर हाथ रखकर ढेरो आशीर्वाद देती है। दोनो को खुशी में बैठाकर अपने हाथ से गर्मागर्म रोटी बनाकर खिलाती है। जूही को आराम से रहने को बोलती है और एक सासू मां की तरह ही बहुत सी हिदायतें देती है... ऐसे चलना यूं बैठना क्या खाना क्या नही और न जाने कितनी ही बाते। रात हो गयी थी। जूही और पराग सोने चले जाते है। मां कमरे मे आकर पिताजी को भी खुशखबरी सुनाती है। पिताजी भी बहुत खुश होते है। अनिल मां से पूछता है क्या हुआ सब इतने खुश क्यो है। मां बोलती है कि तुम चाचा बनने वाले हो। घर मे छोटा नया मेहमान आने वाला है। सुनकर अनिल भी खुश होता है।

अगले दिन जूही सुबह उठकर काम मे लगती है तो मां भी उठकर जूही का काम मे हाथ बंटाती है। फिर पराग मां को बोलता है कि जूही को रेस्ट बताया है मां। अभी कुछ दिन पूरी तरह से आराम करना है। डाक्टर ने बोला है। मां बोलती है डाक्टर तो सब यू ही बोलते है। ऐसे समय आराम थोडे ही किया जाता है। इसमे जितना चलो फिरो सब सही रहता है। पहले हम लोग खूब कामकाज किया करते थे। आराम का नाम ही नही था। सब सही रही तबियत। बच्चे सब नार्मल हो गये। आजकर जितना आराम करवाते है सब आप्रेशन से होते है। इसलिए चलना फिरना ही सही है।

कमरे मे बैठे पिताजी सब सुन रहे थे। बाहर निकलकर मां को बोलते है पराग की मां घर मे महरी लगवा लो सब कामो के लिए। जब तक जूही की तबियत नही सही वो कोई काम नही करेगी। घर मे महरी की बात सुनकर मां परेशान हो जाती है। वो पिताजी को बोलती है आप बीच मे क्यो बोलते हो जी। औरतो की बाते है हम मिलकर देख लेगे। पर पिताजी नही मानते वो मां को तेज आवाज मे समझाते है कि महरी रखना अब जरुरी है। इसलिए कल ही किसी से घर के कामो के लिए बात कर लो।

मां सहम जाती है पिताजी के ऐसे ताव भरे अंदाज से। मोहल्ले मे वो कंई लोगो से बात करके घर के कामकाज और रसोई के काम मे हाथ बंटाने खाना बनवाने मे मदद के लिए महरी ढुंढ लेती है।महरी रोज समय पर आ जाती और मां के बताए अनुसार सब काम करना शुरु कर देती है। कई बार उसमे और मां मे तालमेल नही बैठता तो थोडी तनातनी भी हो जाती। जूही उसको अलग समझाती कि बुजुर्ग है मां... इनकी बातो का बुरा मत माना करो। इधर मां को अलग समझाती कि आप मुंह मत लगा करो ज्यादा। पलटकर जवाब देती है ये आपको मुझे भी सही नही लगता। कुछ दिन की बात है मां जैसे भी करे करवा लिजिए।जूही को बहुत हंसी भी आती और कभी कभी बैचेनी भी हो जाती। अभी जूही को अपनी मां के पास जाने की भी मनाही थी... सफर करना मना था।इसलिए एक दिन सब श्यामनगर से आते है जूही से मिलने। जूही बहुत खुश थी मां बाबा छोटी मिठु से मिलकर। सब मिलकर एक दिन मे वापस चले जाते है।।जूही को ये सब बहुत अजीब लगता था कि जिन्होंने जन्म दिया, जिनके साथ बचपन बिताया, बडे हुए, जिन्होंने जिंदगी जीने के तरीके सिखाए,

जिनकी वजह से ये दूसरा घर मिला अब उनसे सिर्फ मेहमान की तरह मिलना होता है।

औपचारिकताए कितनी हो जाती है। धीरे धीरे ये दिन भी बीत रहे थे। अब जूही के पास कुछ भी नही था करने को। लेटे उसका मन बिल्कुल भी नही लगता था। तो अकेले मे जूही अपनी पसंद की कभी कोई किताब पढ लेती या लिखने का शौक था तो मन की बाते पन्नो पर उतार लेती। कुछ महीनो बाद जूही उठकर धीरे धीरे घर के कुछ काम कर लिया करती थी जिससे मन को भी थोड़ा आराम मिल जाता था महरी तो पहले जैसे आ रही थी वैसे ही आ रही थी। समय बितता जाता है और फिर वो समय भी आता है जब जूही अपने बेटे रोहण को जन्म देती है।

घर मे चारो ओर खुशी का माहौल था। सभी बहुत खुश थे घर मे। अनिल.. चाचु बन गया था। वो देर तक गोद मे लिए रोहण को देखे जा रहा था। मां की आंखो मे पोते होने के दादी बनने के खुशी के आंसू थे। पिताजी अनिल के साथ बैठे रोहण को खिला रहे थे।

पराग जूही को सहारा देकर बैठाता है। मां घर मे आगे के दिनो की सारी पूजा के बारे मे पंडित जी से बाते करती है। छठी की पूजा सूरज पूजन कुंआ पूजन। मां का हाल तो ये ही लग रहा था कि खुशी खुशी मे इन रिवाजों के सहारे कितना ही मोहल्ले वालो का मीठा बांटने वाली थी। गीत गाए गये। रातीजागा करवाया गया सारे रीति रिवाज पूरे हो गये। जूही के पीहर से भी सब आते है मुह मीठा करवाते है। बहुत बडा जलसा करवाया गया।

पहले जैसे फिर से एक बार बहुत लंबे समय के बाद जूही अपने आपको सामान्य महसुस करती है। रोहण एक महीने का हो

गया था। मां पिताजी रोहण को संभालते और जूही घर का कामकाज देखती। पराग आफिस से आकर और अनिल कालेज से घर पहुचते ही बस रोहण को गोद मे लेकर खिलाने लगते। रोहण के खिलाने मे कब समय बीत जाता कुछ पता ही नही चलता। 5,6 महीने का रोहण हो जाता है। जूही को घर की आमदनी को लेकर हमेशा चिंता रहती। रोहण दादा दादी के पास आराम से खेलता था। इसलिए जूही फिर से थोडी बहुत ट्यूशन लेने लगती है। हालांकि मुश्किल भी था लेकिन वो सब कुछ अच्छे से संभालते हुए हर काम कर रही थी। जूही की सबसे बडी खासीयत थी उसका समय व्यवस्थित करते हुए चलना। वो काम के लिए समय का ग्राफ पहले ही दिमाग मे तैयार रखती।

ट्यूशन मे बच्चों के पेपर चल रहे थे। उन दिनो जूही को पढाते पढाते समय ज्यादा लग जाता था। मां पिताजी को शाम की चाय मे कभी कभी देर होजाती कभी रोहण भी ज्यादा परेशान करने लगता। इस बात से मां खफा रहती थी। मां के हमेशा ब्लडप्रेशर हाई ही रहता था। मां एक दिन पराग के आफिस से वापस आने पर रात मे पराग से जूही के ट्यूशन के बारे मे बात करते हुए बोलती है... जरूरत ही क्या है जूही को इस तरह बच्चों को पढाने की।खुदका बच्चा उसका कितना परेशान होता है देर तक जब उसकी मां नहीं मिलती है। और अब मेरी और तेरे पिताजी की भी तो तबीयत ज्यादा सही नहीं रहती है। हम भी उसे कितनी देर तक रख पाएंगे। फिर शाम का खाना भी उसको देखना पड़ता है इतनी थकान लेकर काम करने का क्या फायदा है उसको बोलो की ट्यूशन छोड़ सकती हो तो छोड़ दे पराग चुपचाप यह सब सुनता है और कमरे में आकर अपने कपड़े बदल रहा होता है

वह जूही से पूछता है जूही क्या बात है आजकल ट्यूशन पढ़ाने में ज्यादा देर लग जाती है क्या। मां बता रही थी कि

रोहण बहुत परेशान करता है उनको और उनकी तबीयत भी नहीं सही रहती है तो वह उसे संभाल भी नहीं पाती हैं । रोहण अभी बहुत छोटा है जूही पहले उस पर ही तुम ध्यान दो। ट्यूशन बाद में कर लेना।

मैं चला ही रहा हूं घर सब अच्छे से चल रहा है अब तो बिजनेस भी काफी रफ्तार पकड़ चुका है। आगे भी अच्छा ही हो जाएगा। तुम पहले घर को ही देख लो जूही। पराग को इस तरह बोलता देख जूही कहती है कि ऐसा कुछ नहीं है पराग। मां को ज्यादा ही लगता है। रोहन को संभालने में इतनी परेशानी नहीं होती फिर अनिल भी आ जाता हैं शाम तक। वह भी उसे संभालता हैं। और मैं तो समय पर ही बच्चों को छोड़ देती हूं। अभी उनके पेपर चल रहे हैं इसलिए देर हो जाती है। लेकिन पराग का चेहरा अजीब सा रहता है। पराग के बोलने का अंदाज जूही को परेशान कर देता है। आखिरकार उसे कहना ही पड़ता है ठीक है पराग अबकी बार यह बच्चों के पेपर खत्म हो जाए फिर मैं इनको दोबारा नहीं लूंगी। ट्यूशन यही रोक दूंगी। जूही को लग रहा था की लड़कियां ही नहीं लड़कों को भी शादी के बाद बहुत से समझौते करने पड़ते हैं। वह अपने मां और पिताजी को भी लेकर चलते हैं इधर अपनी पत्नी को भी देखना होता है बच्चों को भी देखना होता है। असमंजस की स्थिति हो जाती है। जूही को पराग की बिल्कुल यही स्थिति लग रही थी। कि ना तो वह मां और पिताजी को कुछ कह पा रहा था ना जूही को इसलिए जूही ने अपनी तरफ से फैसला लिया कि वह आगे ट्यूशन नहीं लेगी।एक बार और उसको जिंदगी के सामने पैर वापस पीछे लेने पड रहे थे।

एक दिन मां नहाते हुए फिसल जाती है । मां को अस्पताल ले जाया जाता है। वहां पता चलता है की मां के पैर में फ्रैक्चर हो गया है। मां को अस्पताल में ही एडमिट कर लेते हैं। जब

जूही को यह पता चलता है तो उसे बड़ा दुख होता है कि अचानक से यह सब क्या हो गया। मां अस्पताल में एडमिट रहती है अगले दिन उनका ऑपरेशन हो जाता है। ऑपरेशन के बाद उनको दो-तीन दिन बाद घर के लिए छुट्टी मिल जाती है। अब जूही के ऊपर और बड़ी जिम्मेदारी आ गई थी मां की जिद की वजह से उसको बाई भी हटानी पड़ी थी। अब उसको अकेले इतना सारा काम संभालना पड़ रहा था। पराग जूही पर गुस्सा भी करता है कि ऐसे भी क्या जल्दी आ रही थी तुम्हें कि तुमने बाई को हटा दिया। जूही पराग को नहीं बता पाती है की मां ने कैसी स्थिति कर दी थी बाई को लेकर। उसका घर में काम करते रहना मां को बिल्कुल बर्दाश्त नहीं हो रहा था। उन्हें लग रहा था कि अब रोहण को हम लोग संभाल लेते ही हैं। जूही की भी तबीयत सही है

तो वापस पहले जैसे ही घर चले। जूही के पास पराग को बोलने के लिए कोई जवाब नहीं था। वह अपने आप को मजबूत कर लेती है और पराग को समझाती है कि मैं सब संभाल लूंगी पराग। तुम चिंता मत करो। जूही मां की पूरी सेवा करती, छोटे रोहण की देखरेख करती, पिताजी की दवाई का ख्याल रखना सब काम संभाले हुए थे। ऑपरेशन के बाद भी मां के पैर में कोई फर्क नहीं पड़ता है। डॉक्टर का कहना था कि इंफेक्शन होने के कारण अब इनका पैर जल्दी से ठीक नहीं होगा। शायद समय लग जाए। पर समय तो कुछ ज्यादा ही लग रहा था। साल भर होने को आया था लेकिन पैर नही सही हुआ था मां का। मां बिल्कुल परेशान हो चुकी थी बिस्तर पर लेटे हुए। एक दिन उनकी तबीयत अचानक ज्यादा बिगड़ जाती है और उनको हार्ट अटैक आ जाता है। इस अटैक में पराग अपनी मां को खो देता है। मां हमेशा के लिए उस घर को छोड़कर जा चुकी थी।

मां को अचानक इस तरह खोना जूही के लिए एक सदमा ही था। उसने कभी सोचा ही नहीं था की मां सब को छोड़कर अचानक ऐसे चली जाएगी। अभी तो रोहण को दादी के साथ खेलना था। अभी रोहण इतना छोटा है उसको तो याद भी नहीं रहेगा की दादी कैसी थी। चाहे कुछ हो बच्चों को दादा और दादी के प्यार की एक अलग ही बात होती है है। घर में बड़े हमेशा बने रहे यह भी एक जरूरी होता है घर में सांस नहीं होती है तो बाहर की सौ सांस खड़ी हो जाती है। यह सब उसको मां के गुजर जाने के बाद 13 दिन तक हो रहे सब रीति रिवाज से समझ में आ गया था हर कोई अपना एक नया रिवाज जूही को बता रहा था जूही चुपचाप सब रिवाज करती जा रही थी बड़े लोग जो जो बातें कहते थे

सब मान लेती थी 13 दिन के बाद घर से सभी रिश्तेदार चले जाते हैं। घर खाली खाली सा हो जाता है। नया सवेरा नया दिन बिना मां के बहुत ही सूना था। सब कुछ अजीब सा लग रहा था घर में। बार–बार उनके होने का एहसास लग रहा था। जूही को पराग को सबको बार–बार लगता की मां अब आवाज देगी शायद। कोने में रखी वह कुर्सी फिर से भरी हुई दिखाई देगी। लेकिन ऐसा कुछ नहीं होता था कुर्सी हमेशा के लिए वह खाली हो चुकी थी। और मां की याद पराग की आंखो मे आंसू बन कर रह गयी थी। अनिल अपनी बडी मां के जाने से बहुत टूट रहा था। उन्होंने मां का ही प्यार दिया था। बडी मां के प्यार ने कभी भी अनिल को उसकी मां की कमी नही खलने दी थी। मां ने अपने बच्चे की तरह पाला पोसा था अनिल को।

मां के जाने के बाद घर में काफी चुप्पी सी छा गई थी सब लोग बस अपना अपना काम करते। किसी को आपस मे बात करने की इच्छा नही होती।

मां के बारे मे बात करने से ही रोना आ जाता था। और पिताजी.... वो तो बिल्कुल अकेले रह गये थे। अनिल भी इस बात को समझता था।

इसीलिए वो ज्यादा से ज्यादा समय पिताजी के साथ बिताता था। जूही रोहण को पिताजी को ही दे आती थी। उनके साथ रोहण खुब खुश रहता। वो तरह तरह के खेल खिलाते। उनका समय भी कट जाता।कोई जाए कोई आए समय अपनी चाल चलता रहता है। वो किसी के लिये नही रूकता। वक्त ही दर्द है वक्त ही मरहम।

मां को गुजरे समय निकलता जा रहा था। धीरे धीरे घर का माहौल भी सामान्य होता जा रहा था। रोहण भी साल भर का हो गया था। जूही अब घर मे काफी सरल तरीके से रहने लगी थी। जैसे साडी घूंघट जो मां उसको करने को कहती थी वो सब नही रह गया था। पिताजी को वैसे भी ये सब पसंद ही नहा आता था कभी। वो मां पर हमेशा इस बात का गुस्सा करते थे कि क्या दकियानूसी बातो मे आज भी जी रही हो। लेकिन बहू को रीति रिवाजो मे रखना मां का तो जैसे शौक था।

जूही भी मां की बातो का मान रखती थी।

मां के जाने के बाद बहुत बंधन खत्म हो गये थे घर के कामों मे भी काफी राहत हो गयी थी। पहले जूही एक एक काम मां से पूछकर करती। फिर समय लग जाता उसको करने मे। अब गृहस्थी सारी जूही के हाथ मे थी। हर काम का समय बनाकर वो पूरा कर लेती। घर मे एक बार फिर वो काम वाली बाई का बंदोबस्त करती है। जिससे बाहर आने जाने से पिताजी और अनिल के खाने मे कोई दिक्कत न आए। पहले

अगर उसे कही जाना होता था तो मां सबका खाना रसोई सब देख लेती थी। पर अब समस्या होने पर बाई रख ली थी।

साल भर से ज्यादा हो गया था जूही को पीहर जाए। पहले वो मां की बीमारी मे लगी रही फिर उनके गुजर जाने के बाद घर छोड कर नही निकल पाई। अब बाई रखने से थोडी आसानी हो गयी थी। तो वो 5,7 के लिए श्यामनगर जाती है। उसकी छोटी बहन छोटी के रिश्ते की भी बाते चल रही थी।

जूही के मां बाबा दोनो बहने उसके आने पर बहुत खुश हो जाते है।

घर मे मां जूही के लिए तरह तरह की उसके पसंद की खाने की चीजे बनाती। वो लोग सब मिलकर घूम कर आते। रोहण के साथ मौसी नाना नानी सब खेल खेलने मे लगे रहते। कभी नाना कुछ लाते कभी मौसी.. रोहण के तो जैसे ठाठ हो गये थे। मौसी के साथ रोज शाम को स्कूटी की सवारी मोहल्ले का चक्कर तय था।

रोहण को घर मे सब संभाल ही लेते थे तो जुही भी अपने लिए कुछ समय निकाल लेती थी। जूही एक दिन अपनी अपने कमरे की खिङकी के पास बैठी हुई थी । अचानक ही बारिश शुरू हो जाती है। जूही को शुरू से ही बारिश मे भीगने का बहुत ष्शौक था। वो जल्दी से बाहर अपने घर के ही आंगन मे भीगने आ जाती है।

..............वही बूंदो की रंगत ,वही पहले सी घटाए ....देखकर मन आज फिर मचल गया .....लगता है कुछ यूं .....हम वही है और वक्त आगे निकल गया । चल निकले भीनी फुहारो के साथ ,रोक न पाए कदमो को.......छू के निकली ठंडी हवा ,भीगे भीगे आंचल को ,,,,,बूंदो की छमछम मे ,मन मयूर सा मचल गया ,हम वही है और वक्त आगे निकल गया।

जाने क्यों दिल बार बार उसी आंगन के बरसते पानी की यादो मे दौड़ जाता है, जहां अल्हड़ सा वक्त अठखेलियो मे गुजरा करता,, देखके डयोढी पे बूंदो का बांकपन ,,फिर आांखो मे वो मंजर संवल गया,,,,,हम वही है और वक्त आागे किल गया ।।

बादलो की गड़गड़ाहट ,बिजली का कौंध जाना ,,,,,हवा के संग चलती तेज बारिश मे ......पानी से भीगे दुपट्टे को हाथो मे थमाना ,बूंदो की इस बारात मे आज वो किस्सा फिर झिलमिल हो गया ....हम वही है ओर वक्त आगे निकल गया।।।।।।।।

जूही जूही ....मां आवाज लगाती है। जूही जल्दी से अंदर आकर अपने कपड़े बदलती है। फिर ष्शाम की चाय पर सब साथ बैठते है। बाबा जूही को छोटी के रिश्ते के बारे मे बताते है। कौन लोग है कहा से आ रहे है। लडका क्या करता है.. और भी बहुत सी बाते। बाबा बोलते है कल शाम तक ये लोग आएगे छोटी को देखने। पराग को भी बोल दो आने को, अगर वो आ सके। सही रहेगा अगर पराग भी मिल लेगा उन लोगो से। आईडिया हो जाएगा मिलकर कि कैसे लोग है।

जूही बाबा के कहने पर पराग को फोन कर देती है अगले दिन श्यामनगर आने के लिए और सारी बात बताती है। अगले दिन पराग काकूगढी से सुबह जल्दी निकल कर वहां 11 बजे तक पहुंच जाता है। शाम को मेहमान आते है सब आपस मे बाते करते है। बाबा जूही पराग से भी मिलवाते है। पराग छोटी को देखने आए लडके से बातचीत करता है। उसके बारे मे सारी जानकारियां लेता है। वह खुदके बारे मे भी बताता है। पराग को उससे मिलकर अच्छा लगता है। मिलने के बाद वे लोग घर को चले जाते है। बाबा जूही पराग से भी राय लेते है। कैसा लगा आगे बात करनी चाहिए या नही। पराग अपनी तरफ से हां बोलता है। उसके अनुसार लोग भी सही है और

लडका भी अच्छा है। वो बोलता है रिश्ता अच्छा है बाबा आप आगे की बात कीजिए। कोई भी काम हो तो बता दीजिएगा। मै आ जाऊंगा। आप बिल्कुल भी चिंता मत करना।

रात हो चुकी थी। श्यामनगर का वो ही आसमान वो ही चांद सितारो वाली रात आज फिर जूही की आंखो को लुभा रही थी। जूही घर की छत से बैठी एकटक देखे जा रही थी मानो वो भी आज जूही से मिलकर बहुत खुश थे। सितारे एक एक करके लंबी चमक लिए टिमटिमा रहे थे। जूही रोहण को भी उंगली से ईशारे करके आसमान दिखा रही थी। थोडी देर मे वो नीचे आ जाती है। बाबा पूछते है कहा चली गयी थी जूही... वो बताती है कुछ नही बाबा रोहण को नानी के घर का आसमां दिखाने गयी थी। और हंसने लगती है।

पराग जूही को अगली सुबह चलने के लिए बोलता है। बाबा रुकने को बोलते है पर वो पिताजी और अनिल के अकेले होने के कारण जल्दी जाने को बोलता है।

अगली सुबह दोनो काकूगढी के लिए रवाना हो जाते है। वहां पहुंचकर जूही फिर से अपने काम मे लग जाती है। सारा घर इतने दिनो मे अस्त व्यस्त सा हो गया था। उसको जमाने मे लग जाती है।

जल्दी ही खबर आती है कि छोटी का रिश्ता पक्का हो गया है। उसकी शादी है की तारीख भी तय कर ली है। कार्ड छपते है। मां बाबा जूही के घर आकर न्योता देकर जाते है।

शादी के लिए काकूगढी से घर के सभी लोग पहुंचते है शादी मे। पराग बाबा के साथ सभी काम करवा रहा था। यूं कहो बाबा ने तो पराग पर ही सब शादी की जिम्मेदारी दे दी थी। सब पराग की राय से हो रहा था। जूही मां और बहनो के

काम करवा रही थी। रोहण को दादाजी लिए रहते। अनिल भी घर के कामों मे मदद कर रहा था।

शादी का दिन आता है शहनाई ढोल बजते है बारात आती है सात फेरे और फिर छोटी भी विदा हो जाती है घर से।शादी के बाद पराग पिताजी और अनिल को लेकर वापस चला जाता है। और जूही मां की मदद के लिए वही रुक जाती है।

4,5 दिन मे शादी का घर सब साफ सफाई करवा कर, बिखेरा समेटकर जूही भी वापस काकूगढी आ जाती है।जूही को रह रह कर मां की चिंता अक्सर रहती। कि मां अकेला न महसूस करे। घर खाली सा हो गया था। मां अक्सर बोला करती थी बेटियां तो नसीब वालो को मिलती है। जिस घर मे बेटीयां होती है वहां रौनक बनी रहती है।वो मां से फोन पर बात कर लिया करती थी। रोहण अभी दो साल का ही था कि जूही को अपने दूसरी बार मां बनने के बारे पता चलता है। अब पहले की तरह मां भी नही थी साथ घर मे। जूही को अकेले ही सब संभालना पड रहा था। जिंदगी हर नये कदम पर नये सबक सीखाती चली जा रही थी।

जूही की तबीयत सही नही रहती थी। लेकिन पराग अपने आफिस के काम मे और अनिल भी अपनी पढाई मे मशगूल रहते। वो जूही का पहले जैसे ख्याल नही रख पा रहे थे। पराग अक्सर सॉरी फील करता जूही के लिए। जूही भी सब समझती थी। वो कभी नाराज नही होती थी। फिर भी जूही का जितना हो सकता पूरा ख्याल रखता।

ढाई साल के रोहण को वो प्ले ग्रुप स्कूल मे दाखिला दिला देती है। थोडे समय स्कूल रहेगा तो कुछ सीखेगा। घर मे रहकर बस शैतान हो गया था।

उसको भी रोहण के स्कूल जाने से थोडी राहत मिलती। बाकी समय दादाजी संभाल लेते थे। वो रोहण को स्कूल लाने छोडने का काम कर लिया करते।

कुछ समय बाद जूही के एक बेटी होती है।

तान्या। तान्या नाम रखते है दादाजी उसका। पहले भी पोते का नाम रोहण दादाजी ने ही रखा था। दो छोटे बच्चों का संभालना घर की देखरेख..... जूही को लग रहा था जैसे जैसे जिंदगी आगे निकल रही है वो नये नये तजुर्बे हासिल होते करती जा रही है। वो मेहनत और तजुर्बो से मजबूत होती जा रही है। पर इन घर के कामों मे व्यस्त रहते जूही बाहरी जिंदगी मे निकलने से घबराने लगी थी। बाहरी काम जो पहले करने मे कभी नही हिचकिचाती थी अब सोचने भर से ही घबरा जाती है।

...................सपनो की डोली मे चढकर ,लाई वो मन के रंगो की फुलवारी ,,, रिश्तो के तानो बानो मे बुनी पहनी उसने फर्ज की साडी ।।।

लब पे हंसी का करके बसेरा ,सजाई एक दुनिया प्यारी ,,,खुशियो को संजोने के खातिर ,,पहनी उसने फर्ज की साडी ।।।

कब दिन ढल जाए रात निकल जाए ,चल दे भूल के थकन वो सारी ,,,खो के अक्स वो अपना और ढल गयी सब मे ,,,पहनी उसने फर्ज की साडी ।।।

उफ की कही जगह नही अब ,हर सांस पे खडी है एक जिम्मेदारी,,,, वक्त भी दर्द मे जिसका मरहम न बन पाए,,,एसी पहनी उसने फर्ज की साडी।।

क्या मौसम क्या अरमानो की कहिये , तांख पे रख दी चाहत सारी ,, देखी बहुत रेशम मलमल भी पर ,,,महंगी सबसे ये फर्ज की साडी...... वो पहनी उसने फर्ज की साडी ।।।।।.......

सब तान्या को खिलाने मन लगाए रहते। मां के जाने के बाद घर सूना हो गया था। बिल्कुल शान्ति रहती। उनकी जगह कोई नही भर सकता था। लेकिन दो छोटे बच्चे... घर मे पूरे दिन चहल पहल शोर शराबा बना रहता। जूही को सांस लेने की फुर्सत नही थी। अपने आज मे वो पीछे का बिल्कुल भूल चूकी थी। दादाजी के पास गोद मे तान्या रहती और सामने रोहण खेलता कमरे मे। उस पल की खुशी दादाजी के चेहरे से झलकती थी। उनके लिए तो ये भी शायद स्वर्ग से कम नही था।

सच है वक्त ही घाव भी है और वक्त ही मरहम भी है। मां के जाने के बाद पिताजी के अकेलेपन को उनके पोते पोती ने भर दिया था। बीच बीच मे मां– बाबा, छोटी अपने पति के साथ उससे मिलने आया करते। वो भी कभी कभी चली जाया करती।

एक दिन जूही पराग से बात करती है और बोलती है कि पराग कुछ समय निकालकर मुझको भी गाड़ी चलाना सिखा दो। जिससे मैं अपने घर के छोटे–मोटे काम कर सकूं। कई बार होता है कि मुझे बाजार जाने की जरूरत होती है और आने–जाने की सुविधा ना होने के कारण मैं निकल नहीं पाती हूं। हमेशा तुम्हारे ही आसरे रहती हूं। साथ मे बच्चे भी होते है। कभी स्कूल भी जाना होता है रोहण के। तुम्हारे पास भी बहुत काम है जब तक तुम घर आते हो थक जाते हो और रात भी हो जाती हैं। इससे बढ़िया है कि तुम मुझे भी गाड़ी चलाना सिखा दो या खुद ही सिखा दो। पराग बोलता है चलो जिस दिन मुझे फुर्सत होगी उस दिन तुम मेरे साथ गाड़ी सीखने

चलना।एक दिन शनिवार को कम काम होने की वजह से पराग घर जल्दी आ जाता है। वह जूही से गाड़ी सिखाने के लिए बोलता है। जूही और पराग घर से खाली सड़क की तरफ निकल लेते हैं। थोड़ी दूर जाकर एक खुला मैदान था जहां पर पतली पतली सकरी सड़के थी। वहां–वह जूही को ड्राइवर सीट पर बैठने को बोलता है और खुद पास वाली सीट पर बैठ जाता है। उसको बहुत सी चीज समझाते हुए गाड़ी सीखने की कोशिश करता है। पर वह नहीं सीखा पाता। अंत में वह जूही को यह कहकर घर ले आता है कि वह किसी मोटर ड्राइविंग वाले से ही गाड़ी सिखवाएगा।

जल्दी ही वह एक मोटर ड्राइविंग स्कूल में बात करता है कुछ दिन बाद जूही ड्राइविंग स्कूल से गाड़ी सीखना शुरू कर देती है। धीरे धीरे सीखते हुए पराग के साथ वह गाड़ी चलाने की प्रैक्टिस भी करती थी। और फिर वह गाड़ी चलाना सीख जाती है। गाड़ी चलाना सीखने की वजह से वो अब घर के छोटे–छोटे काम भी करने लगी थी। पिताजी को कहीं भी जरूरत होती थी वहां उनको फटाफट ले जाती थी। रोहण के स्कूल आना जाना पिताजी को अस्पताल में रूटीन चेकअप के लिए ले जाना हर काम जूही बेहतरीन तरीके से संभालती थी। पराग को यह सब देखकर बहुत अच्छा लगता है। उसको जूही और उसके आत्मविश्वास पर बहुत फक्र महसूस होता था।

समय बीतता जाता है शादी के कई साल हो जाते है। जूही को घर बाहर की फिक्र मे मे उसे ये समय पता ही नही लगा। अनिल भी आगे पढाई करने शहर से बाहर चला गया था। वैसे पराग उसे बराबर पैसे देता था पर वो जूही से भी अलग से पैसे ले लेता था कभी कभी। और पराग भैया को नही बताना यह कह देता।

तान्या भी स्कूल जाने लगी थी अब। पराग और बच्चे सुबह चले जाते जूही का भी सुबह का काम हो जाता। वो पिताजी और पराग से बात करके पास ही मे खुले कम्प्यूटर सेंटर मे पढाने की जोब के लिए पूछती है। उसको लगता इतने सालो मे फिर से इसकी शुरुआत करे नही तो सब भूल जाएगी। पिताजी खुशी खुशी हां बोल देते है।

वो सिर्फ तीन चार घंटे ही देती सेंटर मे। दोपहर मे बच्चों के आने के समय आ जाती। क्योंकि अब पिताजी की भी उम्र हो चली थी। वो बच्चों के साथ ज्यादा देर तक खेलना या उनके काम करना नही कर पाते थे।

जूही को कम्प्यूटर सेंटर पर पढाने की अच्छी सेलेरी मिलती। लेकिन अनिल आए दिन जूही से पैसे मांग लेता। उसका हिसाब जूही पराग को नही बताती थी। जूही घर के खर्च का एक एक हिसाब लिखती थी। कितना पैसा कहा से क्यो खर्च हो रहा है सबका हिसाब पराग और जूही देखते थे।

एक दिन शाम को फोन की घंटी बजती है.. अनिल का फोन था। अनिल फोन पर जूही को अपनी पसंद रागिनी जो उसके साथ पढाई कर रही थी उसके बारे मे बताता है। वो लव मैरिज करना चाहता था।अनिल बोलता है भाभी इस साल हम दोनो की नौकरी लग जाएगी फिर हम शादी करना चाहते है। रागिनी के मम्मी पापा और पराग भैया पिताजी सबको आपको ही मनाना है।

यह सुनकर जूही समझ नही पाती की घर मे पराग और पिताजी को कैसे बताए कि अनिल लव मैरिज करना चाहता है। वो दो चार दिन बहुत कशमकश मे थी। एक दिन दोपहर को खाना खिलाते हुए वो पिताजी को सारी बात बताती है। वो समझाते हुए

बोलती है कि अनिल ने पसंद की है तो अच्छी होगी ही लडकी। और जाति का क्या वो तो हम इन्सानो ने ही बनायी है।

भगवान पर विश्वास करने वाले तो एक अच्छे दिल वाले इंसान को ही देखते है। मुझे पूरा विश्वास है रागिनी समझदार होगी तभी अनिल की पसंद बनी है। पिताजी गुस्सा होते है पर जूही उन्हें ठंडे दिमाग से सोचने को कहती है। शाम को वो ये बात पराग को भी बता देती है। थोडा जूही के समझाने पर पराग समझ जाता है पर पिताजी नही मानते। काफी समझाने पर जूही पराग के कहने पर वो अनिल और रागिनी की शादी के लिए तैयार हो जाते है। पर रागिनी के घर वाले नही मानते। जूही रागिनी के घर समझाइश के लिए भी जाती है पर उनका कहना था एक साधारण शादी करेगे हमारे यहां से कोई मेहमान नही आएगा और फेरो के बाद एक बार रागिनी को विदा करके हम हमेशा उससे रिश्ता तोड लेगे। बाद मे आपको जो कार्यक्रम और करने है कर लेना। हमे कोई लेना देना नही होगा।

इतने कडक फैसले को सुनकर जूही दिल दहल जाता है। भला अपनी बेटी से भी कोई रिश्ता कैसे तोड सकता है। बचपन से सब उसके मन की चीजे दिलाते है फिर इस फैसले को उसे क्यो नही लेने दिया जाता।

पूरी जिंदगी का फैसला होता है ये...... हां.... बिल्कुल ये ही बात उसको बाबा भी तो कहते थे। ये बात उसको बाबा की याद दिलाती है।

बाबा का कहना भी तो यही था शादी पूरी जिंदगी का फैसला होता है। एक बार कर लिया तो निभाना पडता है। इस फैसले को लेने मे तुम लोग नासमझ हो तो ये फैसले मां बाप को ही करने देना चाहिए।

जूही को एहसास था की रागिनी के मम्मी पापा पर क्या गुजर रही होगी। बेटी की शादी हर मा बाप का सपना होता है। उनके भी कुछ अरमान होते है। पर हमने तो ये बात मान ली थी। अब समय बदल रहा है। लडके लडकीया बाहर पढने जाते है तो अपने बराबरी का साथी ढुंढते है जहा आपस मे उनके खयालात मिलते हो। अनिल और रागिनी ने भी यही किया उन्हे लगा की वे दोनो एक दूसरे के लिए बेस्ट मैच है। और इससे अच्छा जीवनसाथी कोई नही मिल सकता उन्हे। पढाई पूरी होते ही दोनो की शादी कर दी जाती है। शादी मे रागिनी के घर से गिने चुने कुछ ही लोग थे। पर यहां से पराग ने अपने घर के सब लोगो को बुलाया जाता है। शादी धुमधाम से करते है अनिल की। अब घर मे दो बहुएं थी। जूही बहुत खुश थी कि दोनो मिलकर घर संभाल लेगी।

पर रागिनी ने तो पहले दिन से ही मनमानी शुरु कर दी थी। इसका अंदाजा जूही को जरा भी नही था। वो अक्सर घर मे कही जाने वाली बातो को नजरअंदाज करती और वो ही करती जो उसके मन का होता। रागिनी एक बडे परिवार से थी।

पहले जूही इन सब बातो को नही समझ पाती थी। उसे लगता कि सच में अभी रागिनी नादान है उसे कुछ समझ नही। जूही इसलिए खुद ही घर के सब काम करती। यहा तक की रागिनी का भी एक एक काम सुबह की चाय से लेकर रात के खाने तक का। वैसे कोई लिहाज नही करती थी रागिनी... पराग और पिताजी का लेकिन अपने सब काम अपने कमरे मे ही करवाती ये कहकर की बाहर सब बडे है तो कमरे मे ही ठीक है।

कई चीजे वो अनिल की गैरमौजूदगी मे करती। जिससे अनिल को न पता चले। जूही अनिल को बहुत प्यार करती

थी। शुरु से बच्चे के जैसे पाला था अनिल को। तो रागिनी को भी वैसे ही प्यार करती।जैसे अनिल को।

वह रागिनी के लिए सब करती , जैसा उसको ठीक लगता। साथ मे नौकरी अपने दोनो बच्चों को संभालना पिताजी का ख्याल। बहुत जिम्मेदारिया बढ गई थी।

पिताजी कई बार जूही को टोकते भी की साथ मे रागिनी को भी सिखाओ पर जूही हंस के टाल दिया करती।

शादी की कुछ समय गुजर जाने के बाद रागिनी भी अपने लिए इसी शहर में नौकरी ढूंढ लेती है। अब अनिल और रागिनी सुबह साथ-साथ ऑफिस के लिए निकलते। रागिनी सुबह से उठकर तैयार होकर शाम तक के लिए ऑफिस निकल जाती। और फिर रात में अनिल के साथ कहीं और घूमने। उसे घर की बातों से कोई मतलब नहीं था। जूही ने भी इन सब बातों पर ध्यान नहीं दिया था। उसे लग रहा था नई-नई शादी हुई है अभी दोनों को समय चाहिए इसलिए वह कुछ नहीं बोलती थी। पराग भी दोनों को बहुत प्यार करता था। लेकिन पिताजी को यह रवैया पसंद नहीं आ रहा था।

जब भी पिताजी कुछ बोलते तो जूही और पराग दोनों को बच्चा समझ कर पिताजी को चुप करा देते।

रागिनी अपनी सब फरमाइशें जूही से करवा लिया करती थी। जूही बहुत भावुक थी। वह रागिनी की चालाकियां को नहीं समझ पा रही थी। रागिनी ने कई बार भावुकता से जूही को इस तरह से बात बोली जिससे जूही को लगा वो नीचे कमरे मे परेशान रहती है। कमरा छोटा पड रहा है सामान के लिए। तो उसे ऊपर वाले घर की मंजिल में रहना है। वहां किराएदार रहा करते थे। जूही पराग से बात करके ऊपर वाला पोर्शन

खाली करवा लेती है। और अनिल और रागिनी को ऊपर कमरा दे दिया जाता है।

धीरे-धीरे करके रागिनी अपना वहां खाना चाय सब बना लिया करती थी। रागिनी बोलती है भाभी हम लोग तो वैसे ही देर हो जाती है आप क्यों परेशान होते हो हमारे लिए। हमारा रात के खाने का कुछ पता भी नही होता तो आप रहने दिया करो हमारे खाने का। हम ऊपर ही बना लिया करेंगे जब भी देर से आया करेंगे। जूही इस बात को मान लेती है। लेकिन पिताजी को रागिनी की सारी चालाकियां समझ में आ रही थी। एक बार जूही भी देखती हैं की रागिनी के पास ऊपर मंजिल पर बहुत से मेहमान आए हुए हैं। और रागिनी सबके लिए खूब अच्छा-अच्छा खाना और डिशेज तैयार कर रही थी। और ये सब आए दिन होने लगा था।

कभी जूही को जरुरत होती तो वो उसे बिल्कुल साथ नही देती। कही जूही को रात मे कोई काम से देरी हो जाती तो भी रागिनी पिताजी को नही देखती कि उन्होने कुछ खाया या नही। एक दिन जूही रोहण को डाक्टर के ले गयी थी।वहा उसके टेस्ट वगैरह मे देर हो जाती है तो घर आने मे भी देरी हो जाती है। छोटी तान्या अपने दादाजी के साथ ही घर पर थी।

अनिल आफिस के काम से देर से आता था रागिनी 6 बजे तक आ जाया करती। । जूही को लगा था वो आकर देख ही लेगी। लेकिन ऐसा नही हुआ। रागिनी सीधे कमरे मे गयी और अपने काम मे लग गयी। तान्या उसके पास ऊपर जाती है तो वह यह कहकर नीचे भेज देती है कि अभी आराम करना है तो तुम दादाजी के पास ही जाओ।जूही घर आती है तो पता चलता है कि घर मे ही रहकर रागिनी ने पिताजी को देखा भी नही और पूछा भी नही। जब वो रागिनी से बात करती है तो रागिनी खुद की तबियत खराब होने का बहाना कर देती है।

उस दिन जूही को एहसास होता है कि जब तक रागिनी नीचे साथ में थी इससे काम होता ही नहीं था। आज जब ऊपर मंजिल में अलग हो गई है तो और काम सारे हो रहे हैं घर का नही होता बस।

घर एक ही था एक ही जगह पैसा आता था लेकिन उसने कभी अनिल को घर में पैसे देने ही नहीं दिए। आए दिन कोई ना कोई खर्च बता दिया करती और महंगी महंगी चीज खरीद लिया करती।

कुछ दिन बाद रागिनी अनिल से कहीं और कॉलोनी में रहने की बात करती है। वह बोलती है कि यह जगह तो सही नहीं है यहां पर माहौल भी सही नही है और लोग भी सही नही रहते हैं। क्यों ना कहीं और रहा जाए अनिल को यह बात सही नहीं लगती है। अनिल पहले भी ऊपर मंजिल में शिफ्ट होने की बात से गुस्सा हुआ था। लेकिन पराग उसे समझा कर ऊपर शिफ्ट करवा देता है। अब जबकि रागिनी बिल्कुल अलग रहने की बात कर रही है तो अनिल बिलकुल राजी नहीं होता है। इस चीज से रागिनी गुस्सा हो जाती है जब जूही को पता चलती है तो घर में कोई परेशानी ना हो कोई कलह नहीं हो वह अनिल को फिर समझाते है कि अनिल हम लोग तो यहां शुरू से रह रहे हैं हमें तो आदत है लेकिन रागिनी की एक अलग तरह के माहौल में परवरिश हुई है। उसे हो सकता है यहां रहना अभी सही नहीं लग रहा है

एक बार पहले तुम लोग दूसरी कॉलोनी में चले जाओ अगर सही लगेगा तो हम लोग भी आ जाएंगे। इस तरीके से वह अनिल को समझा देते है। अनिल का मन बिल्कुल नहीं था लेकिन वह रागिनी को लेकर दूसरी जगह शिफ्ट हो जाता है। जूही अंदर ही अंदर इस बात को समझ रही थी कि यह सब हो क्या रहा है लेकिन वह किसी से कुछ कह नहीं पा रही थी

क्योंकि पराग को इस बात से कोई फर्क नहीं पड़ रहा था उसे लग रहा था की रागनी अभी बच्ची है हो सकता है उसे यहां नहीं अच्छा लग रहा हो पैसों की बात में भी जूही को अब सब समझ आ चुका था लेकिन पराग को यही लग रहा था कि आजकल खर्चे ज्यादा होते ही हैं इसलिए अगर अनिल नहीं घर में देता है तो कोई बात नहीं। जूही ने भी इस चीज को स्वीकार किया हुआ था। वह जैसे घर की बड़ी बहू थी उसने वैसे ही जिम्मेदारी उठा रखी थी। वह अपना घर पिताजी के साथ होने से ही मानती थी।

रागिनी और अनिल दूसरी कॉलोनी में चले जाते हैं कुछ साल साथ रहने के बाद भी रागिनी और अनिल में बिल्कुल नहीं पटरी बैठ रही थी। रागिनी रोज नए–नए अलग–अलग फरमाइश करती जो अनिल को बिल्कुल पसंद नहीं आती। दोनो मे अक्सर झगडे हो जाया करते। अनिल काफी तनाव मे रहने लगा था। दोनो के फैसले पसंद बिल्कुल अलग थी।

एक दिन परेशान होकर अनिल रागिनी से बोलता है जब हम दोनों के ख्याल बिलकुल नहीं मिल रहे हैं तो हम साथी क्यों रह रहे हे रागिनी। तुम बिल्कुल अलग रास्ते पर जा रही हो कहीं भी साथ चलने को नहीं तैयार हो। तो रागिनी हम कैसे साथ रह सकते हैं। रागिनी तुरंत बोलती है ठीक है अनिल फैसला कर लो मेरे मम्मी पापा तो अभी भी मुझे वापस बुलाने के लिए राजी है। तुम चाहो तो अपनी पुरानी जगह वापस जा सकते हो। मुझे तुमसे कोई लेना–देना नहीं रहेगा। पर मै तुम्हारे बोरिंग माहौल को नही पसंद कर सकती। कहकर रागिनी ऑफिस चली जाती है। यह बातें अनिल को सारा दिन परेशान करती है और अंत में अनिल इस फैसले पर पहुंचता है कि अब वह रागिनी के साथ नहीं रहेगा। वह वापस अपने घर आ जाता है। जूही और पराग दोनों को बैठाकर बहुत समझाते भी हैं। वह अनिल को ही बोलते हैं कि

अनिल तुम्हें रागिनी का साथ देना ही पड़ेगा । वह अब तुम्हारी पत्नी है अगर उसकी कुछ इच्छा है तो वह तुम्हें पूरी करनी पड़ेगी। ऐसे अलग होने से समाधान नहीं होगा। लेकिन अनिल अपनी बात अपने भैया और भाभी को नहीं समझ पा रहा था कि वह किस दौर से गुजर रहा है। रागिनी उसको किस हद तक परेशान कर रही है। वह उससे पत्नी का संबंध भी बनाकर नहीं रखना चाहती थी। उसे बिल्कुल अलग तरीके की जिंदगी पसंद थी। कॉलेज लाइफ में घूमने फिरने मात्र से ही उसको लग रहा था कि रागिनी से अच्छा उसको कोई जीवनसाथी नहीं मिल सकता। कुछ पल के आनंद से इतना बड़ा फैसला दोनो ने ले तो लिया था लेकिन वह इसे आगे नहीं चल पा रहे थे।

अक्सर होता है हम कुछ पल के खुशी में लोगों के दिमाग को नहीं समझ पाते हैं। लेकिन धीरे-धीरे साथ रहने से आगे चलकर उनकी आदतें और उनका बर्ताव समझ पाते हैं। तब तक बहुत देर हो चुकी होती है उस समय तक। जब हम उसके साथ से अलग होते हैं तो बहुत कुछ छूट जाता है बहुत कुछ टूट जाता है।

घर में चलती सभी परेशानियों को समेटे हुए जूही अकेले जिंदगी से लड़ती जा रही थी चाहे पैसों की समस्या हो चाहे घर को लेकर हो पर जूही कभी किसी से शिकायत नहीं करती ना तो वह अपने मां बाबा से कभी कोई इस बारे में बात करती ना पराग को ही कभी कुछ बोलती। जिंदगी जीना उसके लिए बहुत मुश्किल होता जा रहा था खुद के लिए उसको बिल्कुल फुर्सत नहीं थी कितनी बार तो होता था कि उसको आईना देखे हुए ही समय निकल जाता था। लेकिन इस थकान की जूही के चेहरे पर कोई शिकन नहीं आती थी। फिर सब अच्छा चल रहा होता तो की शरीर थकान बिल्कुल महसुस भी नही होती पर मानसिक पराशानियो ने जूही को थका दिया था। कई

बार उसने अपने आप को हारा हुआ सा महसूस किया। पर वो फिर अपने आपको संभालती और आगे बढती। वह हमेशा हसती मुस्कुराती रहती थी। और हर काम सबका बहुत खुशी से करती थी।

,,,,,कैसे ये जिंदगी लम्हा लम्हा करवटे बदलती जाती है,,,,

जो न सोची थी कभी एसी यादे दे जाती है।

खड्ने है जिस मकाम पर , पलट कर देखे कभी तो बोझिल सी तस्वीरे सामने आ जाती है।

कितने हसीन हुआ करते थे वो बेफिक्री के दिन ,आज भी उन नासमझियों पे हसी आ जाती है।

कब उलझते गये जज्बातो के जाल मे , हर बात अनसुलझा सा सवाल दे जाती हैं।

कितने ही मोड्न आए , हर राह पर लोग मिलते और बिछ्न्ते गये , अब कुछ फासलो मे है तो कुछ पुरानी एलबम की तस्वीरो मे ही नजर आते है।

बहुत अजीव है जिंदगी का ये फलसफा भी , जब साथ है तो वक्त का पता नही चलता ओर दूरियां हो जाए तो यही वक्त यादो की कतरने जोड्नता ।।।

अनिल के इस तरह रागिनी से अलग होकर वापस घर आ जाने से जूही बहुत दुखी हो जाती है। उसे बिल्कुल नहीं अच्छा लगता उन दोनों का अलग होना । वह रागिनी से कई बार मिलने की कौशिश भी करती उसको समझाने की भी लेकिन रागिनी के फैसले में कोई बदलाव नहीं था ना ही उसे इस फैसले का कुछ अफसोस था ।

अनिल जूही को बोल देता है की भाभी आप बार-बार उसके मत मुंह लगा करो वह बात करने लायक लड़की है ही नहीं मैं ही गलत था और समझ नहीं पाया।

रागिनी अनिल को हमेशा के लिए छोडकर अपने मम्मी पापा के पास वापस जा चुकी थी। दोनो का कुछ महीनो बाद कानूनी रुप से भी अलगाव हो जाता है। इन सब बातों से अनिल परेशान रहने लगता। रागिनी की बाते वो भूल नही पा रहा था कि शादी के बाद उसका रवैया बिल्कुल ही बदल जाएगा। न घर और ना ही अनिल रागिनी ने दोनो को ही नही अपनाया था।

जब भी अनिल आफिस से घर आता जूही अनिल से इधर उधर की बाते करती रहती जिससे उसका मन लगा रहे। वो परेशान न हो रागिनी को लेकर ज्यादा।

अनिल टूट सा गया था। उसे किसी से मिलने जुलने बात करने का मन नही करता था। इसीलिए वो दूसरे शहर मे एक प्राइवेट कंपनी मे नौकरी के देख लेता है। वह पराग और जूही को इस बारे मे बताता है। और बोलता है कुछ समय के लिए उसे अकेले ही रहना है। जगह बदलेगी माहौल बदलेगा सब तो ठीक रहेगा। फिर वापस आ जाउगां कभी। अभी मुझे जाने दो।

उसकी हालत देखते हुए दोनो कुछ नही बोल पाते। पिताजी भी अनिल के जाने से दुःखी हो रहे थे।

उनसे अनिल की हालत मे आया बदलाव नही देखा जा रहा था। अनिल को उन्होंने अपना दूसरा बेटा ही समझा हमेशा। कभी लगा ही नही की ये उनकी खुद की औलाद नही है।

फिर एक बार जूही की जिंदगी नया मोड लिये चल दी थी लेकिन फिर कुछ छूट रहा था पीछे। अनिल दूसरे शहर जा चुका था बच्चे भी बडे हो रहे थे। जूही अपनी नौकरी कर रही थी और घर बच्चों को भी संभाल रही थी। पराग का बिजनेस

चल रहा था पर खर्च बढते जा रहे थे। जूही बहुत सी चीजे सोचे बैठी रहती अबकी बार ये करना है अबकी ये पर हर बार कुछ न कुछ मे पैसे नही बच पाते।

मोबाइल फोन का जमाना आ चुका था। सबसे कभी भी कही भी आराम से बात हो जाया करती। चाहे रास्ते मे हो घर हो कही हो कभी भी बात कर सकते थे। अनिल से भी सब लोग बात कर लिया करते थे।

जूही की भी दोनो बहनो की शादी हो चुकी थी।

श्यामनगर जाना आना जूही का लगा रहता। जब भी छुट्टी आती जूही और दोनो बहने सब श्याम नगर बाबा मां के पास ही पहुच जाते। वही पर सबका एक साथ मिलना हो जाया करता था।

एक दिन जूही के बाबा की तबियत ज्यादा खराब हो जाती है। चाहते हुए भी जूही नही जा पाती है। दोनो बच्चों के स्कूल मे पेपर चल रहे थे। उसके कम्प्यूटर सेंटर मे भी सेमेस्टर चल रहे थे। फिर घर मे बाबा को छोडकर नही जा सकती थी। वो मां से फोन पर बाबा की तबियत पूछ लिया करती थी। क्योंकि श्यामनगर मे अब अकेले रह गये थे। उनको देखने करने वाला उनकी बेटियों के अलावा कोई नही था उस शहर मे। तीनो की शहर के बाहर शादी हुई थी। जूही कई बार बोलती भी है मां बाबा से अपने शहर काकूगढी मे ही घर लेकर रहने को। जिससे कभी कुछ जरूरत हो तो उनको देख लिया करे। पर वो नही राजी होते इस बात से। वो अपने घर शहर को नही छोडकर जाना चाह रहे थे। शुरू से वही रहे तो अब उनका मन वही लग चुका था।

पर मां बाबा की बढती उम्र देखकर जूही को उनकी तबीयत के लिए हमेशा चिंता बनी रहती थी। तरह तरह की खौफ

जहन मे आते रहते। लेकिन जूही के पांवो मे जिम्मेदारियों की जैसे बेडिया जकड चुकी थी। वक्त से पाबंद जूही चारो तरफ की चिंताओं मे जूझ रही थी। वह जल्दी जल्दी श्यामनगर नही जा पाती थी।

अनिल को घर से गये दो साल होने को आए थे। इन दो सालो मे वो घर पर एक बार भी नही आया था। शुरुआत मे पराग ही एक बार उससे मिलकर, घर जिसमे वो रह रहा था और जगह देखकर आया था।

वैसे तो घर मे उससे सबकी पहले रोज बात हो जाया करती थी। लेकिन कुछ समय से अनिल कभी फोन नही उठाता कभी समय न होने का बहाना लगाकर फोन रख दिया करता ।और उन लोगो भी आने से रोक देता।

पराग और जूही को इधर अब अनिल की भी चिंता रहने लगी थी। कि आखिर बात क्या है जो अनिल आजकल कटा कटा सा रह रहा है।

एक दिन जूही पराग से बोलती है कि आप बिन बताए उसके घर पहुच जाओ। देखो तो जाकर आखिर माजरा क्या है। वो क्यो नही मिलना चाह रहा हम लोगो से। अभी पराग अपने काम मे व्यस्त चल रहा था तो अगले महीने जाने की बात करता है।

पिताजी का भी रुटीन चेकअप होता रहता था। उनको हार्ट मे परेशानी थी। इसलिए उनको अकेला नही छोडकर जाते थे कही भी। जूही या पराग दोनो मे से कोई एक उनके पास जरुर रुकता था।

जूही अगले महीने पराग को फिर से अनिल के पास जाने को बोलती है। वो समझाती है पराग को कि चाहे जैसे हो समय निकालकर अनिल को मिलकर आओ मुझे चिंता लग रही है।

पराग अपने जाने की तैयारी कर लेता है। और अपनी सहुलियत से एक दिन अपने काम से निकालकर अनिल के पास चला जाता है। वहा पहुंचकर अनिल से मिलता है। अचानक भाई को सामने देखकर अनिल चौक जाता है। अनिल बोलता है भैया बिन बताए... आप यहा। पराग कहता है तो तुम इतने महीनो से न घर आए न बात ढंग से हो पा रही है। घर मे सबको चिंता हो रही है तुम्हारी। आखिर आजकल इतने कहा व्यस्त हो। और... और ये क्या हुलिया बना रखा है अपना। क्या बात है अनिल। कोई समस्या है तो बताओ कोई परेशानी।इतने परेशान से दिख रहे हो।

अनिल पराग की बाते सुनकर सकपका जाता है और हकलाते हुए जवाब देता है कुछ नही भैया।ऐसा कुछ नही। वो थोडा ज्यादा व्यस्त रहता हूं। इसलिए आजकल समय कम मिल पाता है। और फिर ओवरटाइम भी करता हूं। लेकिन ये सब बाते पराग के गले नही उतर रही थी। क्योंकि अनिल की हालत लग ही नही रही थी कि वो इतना काम मे मशगूल होगा। उसकी तबियत भी सही नही लग रही थी। उसका बात करने का ढंग....

पलके मिचका मिचका के बोलना, आवाज मे लडखडाहट और आखे न मिलाना ...स्वभाव मे एक डर और शरीर की हलचल मे सकपकाहट। कुछ भी तो सामान्य नही लग रहा था। वो पराग से नजरे चुरा रहा था जैसे। पराग सोचकर आया था कि रात की गाडी मे बैठकर सुबह पहुच जाऊगां और बस दिन भर अनिल से मिलकर बात करके वापस रात को निकल लूंगा। जिससे सुबह अपने शहर पहुंचकर वापस काम पर आ जाए।लेकिन ऐसा नही हुआ पराग के पैर वही ठिठक कर रह गये थे अनिल की हालत देखकर। पराग समझ नही पा रहा था कि आखिर हुआ क्या है अनिल को।

दिनभर अनिल के साथ रुककर वो रात मे दोनो साथ खाना खाते है फिर अनिल कुछ लेने के बहाने से बाहर चला जाता है। उसके जाने के बाद पराग जूही को फोन करके अनिल की सारी हालत बताता है। सुनकर जूही के मानो पैरो से जमीन खिसक जाती है। वो पराग से अनिल को साथ ही लाने को बोलती है। अनिल के घर वापस आने पर पराग उसे साथ ही काकूगढी चलने को बोलता है। वो बोलता है हो गयी बहुत नौकरी। अनिल अब साथ चलो और या वहा नौकरी करना या हम दोनो साथ ही बिजनेस करेगे। यहा तुम्हारी तबियत सही नही लग रही।

पर अनिल साथ जाने को मना कर देता है। वो बोलता है सब सही है भैया आपको खामखां ही चिंता हो रही है। मै यहा ठीक हूं। आगे कभी कुछ सही नही लगा तो आ जाऊगां।

अनिल बहुत समझाने पर भी नही मानता तो पराग अकेला ही वापस आ जाता है। आकर जूही को एक एक बात बताता है अनिल की। जूही भी परेशान हो जाती है सुनकर। पर पिताजी को वो अनिल के बारे मे कुछ नही बताते।

अब जूही की एक परेशानी और बढ गयी थी। चाहे कोई काम करे दिमाग मे कही न कही एक तरफ अनिल के बारे मे कुछ न कुछ चलता रहता। वो समझ नही पा रही थी कैसे अनिल को यहां आने के लिए राजी किया जाए। अनिल को अकेला नही छोड सकते थे। एक दिन अनिल का फोन आता है जूही के पास की उसको दस हजार रूपयो की सख्त जरूरत है। जूही उससे पूछती भी है कि इतने पैसो की क्यो जरूरत पडी। अनिल इधर उधर के बहाने लगा देता है। कंई तरह की बाते बनाकर आखिर जूही से पैसे ले ही लेता है। और उससे बोलता है कि पराग को न बताए इस बारे मे कि उसने पैस लिए है। वो जूही को दिलासा देता है कि ये पैसे जल्दी ही वापस कर देगा। जूही को पैसो की

नही अनिल के लिए जरुर फिक्र लग जाती है कि आखिर किस काम के लिए अनिल ने इतने पैसे लिए है। कुछ समय बाद फिर से एक दिन और फिर एक दिन अनिल के फोन आते और जूही उसे चुपचाप बिना पराग को बताए कभी दो हजार कभी पांच हजार रु बैंक मे डालती रहती। वो जूही को अपनी बातो मे ले लेता। और जूही उसे पैसे दे देती। वो अपने बचाए हुए पैसो मे से दिया करती।

कभी कभी जूही को लगता भी क्या ये सब सही कर रही है वो या नही। पर वो मजबूर थी क्योंकि इस बहाने उसकी अनिल से कम से कम बात तो हो रही थी। लेकिन अब बात हद से आगे बढ चुकी थी जब एक दिन जूही के पास अनिल का फोन आता है और वो अजीब सी बाते कर रहा था । आवाज भी साफ नही थी और बातो का लहजा जूही को परेशान कर रह था कि ये बहकी बहकी सी बाते क्यो कर रहा है अनिल।

जूही फैसला करती है कि चाहे कुछ हो अनिल को वापस यहां घर लेकर आएगी। जूही के खुदके कोई भाई नही था। वो जब शादी होकर आयी थी तब अनिल बहुत छोटा था। उसने अपने छोटे भाई जैसे ही रखा था अनिल को। उसको बहुत प्यार करती थी। उसकी एसी हालत वो बर्दाश्त नही कर पा रही थी।

पराग के आफिस आने पर और कोई बाते अनिल की नही बताती है बस इतना बोलती है कि पराग अनिल को चाहे कैसे हो.... घर ले आओ। पराग के पूछने पर बस इतना बताती है कि आज अनिल का फोन आया तो उसकी तबियत ज्यादा खराब लग रही थी।

सुनकर पराग को भी चिंता हो जाती है और पराग रात मे ही निकल जाता है अनिल को लेने। जूही पराग को समझाकर भेजती है कि बहुत प्यार से उसे बातो मे लेकर फिर लाना तभी वो राजी होगा आने को।

सुबह अनिल के पास पहुंचकर पराग स्तब्ध रह जाता है अनिल की हालत देखकर। काफी गयी गुजरी हुई स्थिति हो रखी थी अनिल की। पराग हक्काबक्का था कि आखिर करे तो क्या करे। उसको तो ये भी समझ नही आ रहा था कि आखिर अनिल को हुआ क्या है। वो जूही को फोन पर बताता है कि उसकी स्थिति बिल्कुल ठीक नही है। समझ नही आ रहा हुआ क्या है।

जूही पराग को बोलती है कि सीधे घर ही ले आओ अनिल को। वहां किसी डाक्टर को मत दिखाओ। काकूगढी मे ही डाक्टर को दिखाएगें। पराग अनिल को संभालता है और उसका सारा सामान भी बांध लेता है। सामान मे ज्यादा कुछ रह ही नही गया था अनिल के पास। बस कुछ कपडे जो मैले थे कुछ बर्तन संदूक और ज्यादा कुछ नही। वह ट्रेन से उसे अपने साथ काकूगढी ले आता है। अनिल अलग ही खुमारी मे था, बेहोशी सी स्थिति मे कुछ भी बोले जा रहा था। पिताजी को यही बताते है कि तबियत ज्यादा खराब हो गयी थी इसलिए लेकर आए है। जूही को भी यही लग रहा था शायद बुखार दिमाग मे चढ गया है। पर पराग को कही न कही कुछ ओर अंदेशा हो रहा था। वो दोनो मिलकर डाक्टर के ले जाते है। डाक्टर कई टेस्ट लिखते है। उसमे ब्लड टेस्ट की रिपोर्ट मे नशे कि अधिकता पाई जाती है। वो उसे नशे और मनोरोग संबंधी ईलाज वाले डाक्टर को दिखाने को बोलते है। अगले दिन अपॉइंटमेंट लेकर दोनो फिर अनिल के साथ वहां पहुंचते है। डाक्टर उससे सारी बात करते है फिर कुछ दवाईयां लिख देते है।

डाक्टर अनिल की हालत बहुत संजिदा बताते है। उनके अनुसार अनिल ने पिछले कुछ महीनों से काफी हद तक नशा किया है उस वजह से उसकी दिमागी हालत खराब हो गयी है। उसे वापस सही करने मे वक्त लगेगा लेकिन अनिल का पूरा ख्याल रखना होगा।

डॉक्टर की पूरी बात सुनकर अनिल की दवाइयां लेकर जूही और पराग घर आ जाते हैं। अनिल के लिए एक कमरा सेट कर देते हैं। जूही अपने कमरे के सामने वाला ही कमरा देती है। जो उसने अपने बच्चों को दे रखा था। बच्चे क्योंकि अब बड़े हो चुके थे तो उन्हें वह ऊपर वाले कमरों में से एक कमरा बच्चों के लिए कर देती है और अपना भी कुछ सामान उनके कमरों में ही सेट कर देती है। जिससे वह ऊपर बच्चों को और नीचे अनिल और पिताजी को दोनों तरफ देखती रहे। वह कहती है कि हम लोग रात में जाकर बच्चों को देख लिया करेंगे। लेकिन अनिल का सारा दिन ध्यान रखना जरूरी है। मैं यहां नीचे ही रहती हूं तो काम करते हुए अनिल को भी देखे रहूंगी। वह आंखों के सामने भी रहेगा और मैं समय पर उसकी दवाई देती रहूंगी । अब अनिल का ध्यान रखना पिताजी का ध्यान रखना और बच्चों की पढ़ाई देखना साथ में घर भी संभालना बहुत भारी पड़ रहा था जूही को । इतने सारे काम के बीच में घर पूरा अस्त–व्यस्त हो चुका था। कोई सामान कहीं कोई सामान कहीं कुछ भी चीज जगह पर नहीं मिल पा रही थी। जूही मानसिक तौर पर बहुत परेशान हो चुकी थी। उसका हर काम बस जल्दबाजी मे ही होता। बहुत कुछ छूट भी जाया करता।

आखिरकार हार कर एक दिन वह अपनी नौकरी छोड़ देती है। उसे नौकरी से बढ़कर इस समय घर को संभालना ज्यादा जरुरी लग रहा था। और घर से भी ज्यादा अनिल को।अनिल को इस समय जूही की जरूरत थी। जूही उसका छोटे बच्चों की

तरह ख्याल रखती। जूही को पूरा विश्वास था कि अगर वह समय देगी और ध्यान रखेगी तो अनिल जरूर ठीक हो जाएगा और पहले जैसी स्थिति में आ जाएगा। नौकरी छोड़ने के बाद जूही पूरी तरह से अनिल की दवाई देखरेख में लग जाती है पर अनिल की मानसिक स्थिति कुछ ज्यादा ही बिगड़ी हुई लग रही थी। वह अकेले में कई बार खोई खोई सी बातें करता रहता था। इस बात को लेकर जूही एक बार फिर अकेली जाकर डॉक्टर से मिलकर आती है डॉक्टर उसको धैर्य रखने को बोलता है। डॉक्टर बताते हैं कि वह बहुत समय से नशे का सेवन कर रहा है तो स्थिति में सुधार आने में समय लगेगा। इसलिए आप थोड़ा धैर्य रखें और प्यार से उसे समझा बूझाकर रखिए। जिससे उसके कदम दोबारा नशे की तरफ ना उठे।

एक बार जिसके कदम नशे की तरफ उठ जाते हैं वह बार-बार उसे और ही बढ़ता है अगर उसको एक अच्छा परिवार का साथ मिल जाता है तो वह अपने आप को रोक पाता है। लेकिन अकेलापन इंसान को नशे की तरफ बढ़ाता है। जूही गौर से डॉक्टर की बातें सुनती जा रही थी घर आते आते उसके दिमाग में अनिल को लेकर बहुत सी बातें चल रही थी। वह समझ नहीं पा रही थी कि हम लोगो ने कहां अनदेखा कर दिया अनिल को जो वह इस रास्ते पर निकल गया। शादी टूटना अनिल के लिए बहुत भारी पड़ गया। वो ये बर्दाश्त नही कर पाया। इसका सदमा उसके दिमाग मे इतना बैठ जाएगा और इस नशे की दलदल मे फंस जाएगा ये कभी हमने सोचा भी नही था।

लेकिन उसे पूरा विश्वास था कि वह अनिल को वापस पुरानी स्थिति में ले आएगी। घर आकर वह पिताजी अनिल और बच्चों को संभालने में लग जाती है। शारीरिक थकान के साथ उसकी अब मानसिक थकान भी बहुत होने लगी थी। पराग के घर आने पर वह पराग को सारे दिन की स्थिति

बताती कि आज अनिल का बर्ताव कैसा कैसा रहा। कई बार होता कि अनिल बहुत आक्रामक हो जाता तो पराग को बुलाकर वह उसे डॉक्टर के ले जाती। एक दिन अनिल की स्थिति काबू में नहीं आ रही थी वह जल्दी से फोन करके पराग को ऑफिस से बुलाती है पराग घर आकर अनिल को डॉक्टर के ले जाता है। वहां जाने पर डॉक्टर अनिल की स्थिति देखकर बोलता है कि अगर यह काबू में नहीं आ पा रहा है तो इसे हमें अस्पताल में एडमिट करना पड़ेगा। यहां पर इनका इलाज होगा। जूही एक बार मनोरोग वाले अस्पताल को देखना चाहती थी। पराग और जूही दोनों डॉक्टर से उसे अस्पताल को देखने को कहते हैं। डॉक्टर वार्ड बॉय को बुलाकर उनको अस्पताल दिखाने को कहता है। वहां की हालत देखकर जूही डर जाती है। क्योंकि एसे मरीजो को टॉर्चर किया जा रहा था उनकी मानसिक स्थिति सुधारने के लिए। यह सब देखकर पराग और जूही को नहीं अच्छा लगता। वह डॉक्टर से बोलते हैं कि वह अनिल को अस्पताल मे इस स्थिति में बिल्कुल नहीं रख सकते। डॉक्टर बोलते हैं कि अगर ऐसा है तो आप इन्हें घर ले जाइए क्योंकि दो ही इलाज है इसके या तो आप घर में रहकर यह सब स्थित उनकी बर्दाश्त कीजिए क्योंकि सुधार धीरे–धीरे ही होता है ज्यादा आक्रमक की स्थिति रहेगी तो हमें अस्पताल में ही भर्ती रखना पड़ेगा इनको।

जूही फैसला करती है कि वह घर पर ही रखेगी चाहे कोई स्थिति आ जाए अनिल को। वह दोनों घर ले आते हैं। जूही अनिल से बहुत प्यार से पेश आती जब भी उसकी स्थिति बिगड़ती वह उसका ध्यान कहीं और इधर–उधर लगाने की कोशिश करती। जिससे कि जो उसके दौरा पड़ता था उसमें नियंत्रण पा सके। और ऐसा ही हुआ कुछ महीनो में अनिल की हालत में सुधार होने लगा अब अनिल धीरे–धीरे सबके साथ

बैठने लगा था। खाना खाने लगा था। बातें भी करने लगा था। बच्चो के साथ खेलता। कभी कभार वह पराग के साथ उसके ऑफिस भी चला जाया करता

लेकिन अनिल सामान्य तो अभी भी नही हो पाया था। जूही उसको बहुत सी किताबें पढने के लिए लाकर देती है क्योंकि अनिल पढने का बहुत शौक था। पहले खाली समय मे अक्सर वो किताबे पढा करता था।

जूही को अब समझ आ रहा था अनिल दूसरे शहर मे नौकरी करते हुए भी क्यो उससे इतने पैसे मांगा करता था। काश कि पहले ही पता लग जाता तो आज ये स्थिति ना होती।

जूही की सालो से अपने मोहल्ले मे कुछ साथ कई औरतो से अच्छी दोस्ती हो गयी थी। कुछ जो ज्यादा करीब हो गयी थी उनका एक अलग ग्रुप था जिनके साथ अक्सर वो घूमने जाया करती थी। उसकी भी अलग कहानी होती थी। हर बार वो जैसे तैसे घर से समय निकालकर जाया करती । न कोई सिंगार ना ज्यादा तैयार बिल्कुल सादगी से पहुंचती। सब दोस्त उसको टोक दिया करती हमेशा। पर अब तो वो भी निकलना बंद सा हो गया था। उसके पास समय ही नही रहता कि वो बाहरी दुनिया के बारे मे भी कुछ सोचे। जूही कि स्थिति जूही के अलावा कोई नही समझ सकता था।

वो कहते है न.....कुछ बातो के राज बहुत गहरे होते है .... दिल मे चलती उधेङबुन मे उनके जिक् से ही घबरा जाते है। वो बस दिमाग के किसी कोने मे ही कैद रहते है ।।

मन के अंदर सवालो का अंतद्वंद्व हमेशा चलता रहता। उसके सब सहेलियाँ आपस मे मिलकर कही न कही घूमने जाया ही करती। पर जूही हमेशा मना कर देती। वह हमेशा एक वक्त तय करती अबकी इस बार ये हो जाए फिर कुछ दिन कही घूम के

आएगे.. पर वो समय कभी नहि आता। शादी के इतने सालो मे वो कही बाहर नही निकल पाए थे घूमने के लिए। कुछ न कुछ ऐसा लगा रहा कि कभी बाहर जाना बैठा ही नही।

जूही ने धीरे धीरे अनिल की दवाईयां कम कर दी थी और उसके स्वास्थ्य को लेकर भी काफी सुकुन मे थी। उसे लग रहा था कि अनिल अब सामान्य हो जाएगा पहले की तरह।

लेकिन ऐसा नही था अनिल अपने दिमाग मे कुछ और ही ताना बाना बुन रहा था। जूही का सोचना बिल्कुल गलत था कि वो सही हो रहा है। उसकी नशे की लत और दिमागी बिमारी के चलते एक दिन सबसे आंख बचाकर वो घर से गायब हो जाता है। जूही को लगता है शायद पराग के साथ आफिस मे हो। पर फोन करने पर पता चलता है वहां नही है। जूही घबरा जाती है शाम तक जब वो घर नही आता तो पराग आफिस से निकल कल उसे ढुंढने निकल जाता है। रात तक अनिल का पता नही चलता। अब उनके पास इंतजार के अलावा कोई चारा नही था। वो दोनो समझ भी नही पा रहे थे कि ढुंढने भी जाए तो कहां जाए। मोहल्ले के गली नुक्कड पर उसके बारे मे पूछा भी लेकिन किसी को नही पता था। पिताजी और बच्चों को वो खाना खिलाकर सुला देती है। जूही और पराग की भूख प्यास सब गायब हो गयी थी। हर आहट पर आंखे दरवाजे की ओर बेसब्री से देखती कि शायद अनिल आया हो।

रात मे छत पर जाकर वो रास्ते पर टकटकी लगाए बैठे थे कि शायद अब आए अब आए। आधी रात से ज्यादा हो गयी थी। अब दोनो सोने अपने कमरे मे आ जाते है। पर नींद तो कोसो दूर थी जैसे। इंतजार की बैचेनी मे आंखो ही आंखो मे रात कट जाती है। सुबह उठकर बेमन से बच्चों को तैयार करके वो स्कूल भेज देती है। पिताजी का चाय नाश्ता सब करके उन्हे अनिल के बारे मे ये ही बताते है कि वो कामसे

बाहर गया है। अचानक जाना हुआ तो किसी से नही मिल पाया। दो दिन के बाद रात मे एक मोटरसाइकिल के रुकने की आवाज आती है। जूही खिडकी से बाहर झांकती है तो अनिल उतरते हुए दिखता है। वो पराग को लेकर भाग के बाहर जाती है। पराग अनिल को संभालते हुए अंदर लाता है। वो नशे मे धुत था। उसने शराब बहुत पी थी। जूही की आंखो से आंसू थमने का नाम नही ले रहे थे। उसे लग रहा था बार बार जिंदगी ये ऐसे खेल क्यो खेल रही है।

.......ये जिंदगी भी द्रोपदी के चीर सी हो रही है.....

दर्द की सिसक बंद आंखो से निकल रही है............

ढलके न लाज का ये पर्दा...

दोनो हाथ उठाए बेबस.........

 कृष्ण के अधीन हो रही है।।"

दोनो मिलकर अनिल को पूरी रात संभालते है। सुबह होने पर पराग फिर डाक्टर से मिलने जाता है और सारी बात बताता है। डाक्टर पूछते भी है कि आप अनिल को क्यो नही लाए। पराग बोलता है कि वो आने को नही तैयार था। मना कर रहा है कि मुझे कुछ नही हुआ। और अब तो दवाई खाने को मना कर रहा है। डाक्टर बताता है कि अनिल की जो बिमारी है उसमे उसे बस प्यार से साथ लेकर चलो जैसे भी हो समझा बुझाकर दवाई देते रहो। बस यही एक ईलाज है।

जूही के लिए जैसे एक जिंदगी ने एक चुनौती रख दी थी। अनिल को संभालना मतलब ये था कि सारा दिमाग और समय उसी मे लगाना। सारा दिन उसकी एक एक हरकत पर नजर रखना। अनिल के ईलाज मे पैसा खर्च तो हो ही रहा था साथ मे जूही को उसको पास घर मे रखने के लिए कई बार अनिल

के मांगने पर पैसे भी देने होते। उसकी हालत थी नही कि किसी के समझाने समझे। वो अपने दिमाग का हो चुका था। जूही पराग को लेकिन सब बता दिया करती थी।

अनिल नशे की वजह से खुद पर भी विश्वास खो चुका था। वो चाहते हुए भी अपने आपको काबू नही कर पा रहा था। बार बार घर से भागने की कौशिश मे ही लगा रहता। ये सब देखते हुए जूही उसको एक डाक्टर की राय लेकर मेडिटेशन सेंटर मे 4 घंटे के लिए ले जाना शुरु करती है। सुबह सब घर के काम जल्दी जल्दी जैसे भी होते खत्म करती और साथ ले जाती। वहा स्पेशलिस्ट उसकी हालत के अनुसार ईलाज की तरह मेडिटेशन शुरु करवाते है।अब रोज आना जाना रहता वहा।

इतनी सारी जिम्मेदारी के चलते हुए जूही का पीहर जाना बिल्कुल बंद हो गया था। फोन पर बस बात हो जाया करती सबसे।

मेडिटेशन से कुछ फर्क तो दिखने लगता है अनिल की हालत मे। इस सेंटर मे लाते हुए जूही को पूरे दो महीने हो गये थे ।अनिल जूही से मेडिटेशन सेंटर मे आना से भी मना करने लगता है। वो बोलता है भाभी यहां रोज रोज आने की क्या जरूरत है। मै बिल्कुल ठीक हूं।डाक्टर से बात करती है जूही। डाक्टर वैसे तो मना करते है पर अनिल के मना करने पर बोल देते है ठीक है कभी कभी आ जाया करना रोज रोज रहने दो। अब दोनो सेंटर पर जाना बंद कर देते है। पराग अनिल को अपने साथ रोज आफिस ले जाने लगता है।

कुछ दिन तो अनिल मन लगाकर काम करता है फिर बीच बीच मे इधर उधर हो जाया करता। इससे पराग की परेशानी और बढ जाती। वो आफिस के काम देखे या अनिल.... अनिल

को लेकर मुश्किले बढती जा रही थी। जब ज्यादा काम होता या कही बाहर जाना होता तो वो कई बार तो आफिस लेकर नही आता। फिर जूही को ही देखना पडता था। जूही को लगने लगा था कि अनिल लोगो के बीच मे जाने से घबराने लगा है। वो डाक्टर से मिलकर उसकी बिमारी के बारे मे अच्छे से समझती है। उसे समझ आ गया था कि अनिल उन लोगो के साथ ही घुलमिल सकता है जहा वो अपना साथ खुद बनाएगा। अनिल कि सारी गलतियों को नजरअंदाज करके प्यार से रखना ही एक उपाय रह गया था। दरअसल उनको गलतियां कह भी नही सकते थे। वो जो भी अजीब हरकते करता वो उसकी दिमागी बिमारी का हिस्सा होती थी।

सब बातो को ध्यान मे रखते हुए जूही बहुत सहनशीलता से अनिल की देखभाल कर रही थी। उसको कई बार अनिल से तेज आवाज मे उल्टी सीधी बाते भी सुननी पडती लेकिन वो टाल दिया करती थी। क्योंकि डाक्टर ने बोला था कि इस तरह से कभी कोई बात हो तो ये एक तरह का दौरा पडना होता है। अगर उस समय आप चुप रहकर उसकी ये तेजी सहन कर गये तो मरीज को अगले ही पल महसूस भी हो जाता है कि उसने ये बर्ताव गलत किया है। और वो नजरे चुराने लगता है। और कई बार खुद प्यार से बोलने लगता है। लेकिन ये सब करता भी उनके साथ है जिसे वो प्यार करता है। जिसे प्यार नही करेगा उससे वो बात करना पसंद नही करता।

ये सब बातो को देखते हुए जूही के मन मे एक बात आती है। वो पराग से अनिल को लेकर इस बात को लेकर एक फैसला लेना चाहती थी।

जूही पराग से अनिल के साथ मिलकर कुछ काम शुरु करने का बोलती है। वो कहती है हम घर के पास ही कोई दुकान लेकर कोई काम शुरु करते है। काम संभालने की

जिम्मेदारी मेरी रहेगी और अनिल वहां देखरेख करेगा। इससे अनिल का भी मन लगा रहेगा और लोगो से मिलना जुलना नही होगा तो इधर उधर जाने का भी नही सोचेगा। शुरुआत अभी छोटे स्तर से ही करेगे जिससे समझ आ जाएगा कि अनिल मन लगा पाएगा या नही और काम की देखभाल भी कितनी कर पाएगा।

पराग को लग रहा था वैसे ही पैसो की दिक्कत बनी रहती कही ऐसा न हो सारा पैसा फिजूल जाए। कोई काम नही हो पा पाए तो जूही को बोलता है कि अनिल की तबियत ठीक नही रहती वो अलग से काम नही कर पाएगा। जबर्दस्ती एक काम और शुरू कल ले। उस काम की भी सिरदर्दी हो जाएगी फिर। इससे बढ़िया तो कभी कभार मै अपने साथ ले जाया करुगां। फिर धीरे धीरे आदत तो डालनी होगी इसकी तभी बिमारी से बाहर निकल पाएगा।

पर जूही के बुलंद हौसले और अपनी जिंदगी की आकाशगंगा मे दिखता एक और ख्वाब....अनिल की जिंदगी.... पूरा तो करना ही है।

वो पराग से जिद करती है छोटी दुकान घर से थोडी दूर लेने की। पराग घर से थोडी दूर बाजार की तरफ दूकान पता करता है। पर समय कम होने के कारण ज़्यादा नही देख पाता। जूही से रोज इस बारे मे उसकी बहस होती। एक दिन पराग के आफिस जाने के बाद जूही खुद निकलती है किराये के लिए दूकान पता करने। तीन चार दूकान देखने के बाद एक दूकान उसको समझ आती है। और उसके लिए वो राजी हो जाती है। शहर के बीच बाजार मे बिल्कुल सही जगह पर भी थी वो दूकान। ग्ाहको की अच्छी आवक थी।

पराग से बोलकर जूही उसका किराया एडवांस दे देती है। फिर धीरे धीरे करके उसमे सामान लाती है। वो लोग एक ब्रांड कपडो की दूकान खोलते है काफी नामी कंपनी थी तो लोग नाम देखकर ही आते है। एसा सोचना था जूही का।

पैसा काफी लगा दिया था। जूही ने अपनी सब जमा पूंजी इसमे लगा दी थी। कुछ पैसो का बंदोबस्त पराग करके देता है।अब जिंदगी की भागदौड और ज्यादा बढ गयी थी। क्योंकि खुदका काम था तो इसको चलाना भी जरूरी था। जिससे इसमे इतने पैसे तो निकले कि ये चलता रहे। क्योकि ये केवल एक बिजनेस नही था ये अनिल को सही करने की दवाई थी। जूही को पूरी आशा थी कि इस काम मे लगने के बाद अनिल जल्द ही ठीक हो जाएगा।

जूही घर बाहर दोनो तरफ अच्छे से संभालती है।

इतनी मशगूल जिंदगी मे कुछ काम और अलग से करने का होता तो वो भार जैसा लगता। रोज की दिनचर्या जूही ने अपने कामो के हिसाब से सेट कर ली थी। किसी और काम की दखलंदाजी बर्दाश्त नही थी।

घर बाहर के चक्कर लगते ही रहते। बच्चों की ट्युशन स्कूल की पढाई पिताजी को देखना घर के दूसरे काम बस इन सबके चक्रव्यूह मे घिर चुकी थी जूही।

लेकिन हौसले मजबूत थे उसके। बहुत ज्यादा परेशानी होने पर खुद से बाते करके खुद को समझाते आगे बढे जा रही थी।

जूही अनिल साथ मिलकर जो काम कर रहे थे वो अब चलने लगा था। अनिल भी अपने आपको व्यस्त रखने की कौशिश कर रहा था। दवाईयां अनिल की सारी जिंदगी के लिए हो चुकी थी। डाक्टर अलग से बोलते थे कि बिना

दवाईयों के मानसिक स्थिति सही नही रहेगी। इसलिए दवाई हमेशा देते रहनी है।

कई बार होता अनिल दवाई लेने मे आनाकानी करने लगता तो जूही को उसे समझाने मे बहुत मशक्कत करनी पडती। बहुत संभालकर कदम उठाने पडते अनिल के लिए।

कई बार अब जूही अनिल को दूकान पर छोडकर घर को संभालने आ जाया करती। दूकान पर भी काम करने वाले रखे हुए थे। अनिल और जूही केवल वहा देखरेख और संभालने का काम करते बाकि सबके लिए स्टाफ रखा हुआ था।

पिताजी की भी उम्र हो चली थी।।। उनको अल्जाईमर हो गया था। साथ ही ज्यादातर बिस्तर पकड लिया था।उनके काम सब जूही अनिल और पराग मिलकर करते।

जूही को लग रहा था कि शायद अब अनिल की हालत मे सुधार होने लगा है। लेकिन तभी किसी से पता चलता है कि चोरी चोरी वो हल्का नशा अभी भी कर ही लेता है।

दूसरी तरफ बेटा रोहण की पढाई मे भी अच्छा खर्च था और तान्या... तान्या की पढाई जूही बिल्कुल नही देख पा रही थी तो स्कूल मे रिजल्ट अच्छा नही आता। चारो तरफ से निराशा ही मिल रही थी। चारो तरफ की आपाधापी मे वो पराग के साथ भी समय नही दे पा रही थी।

कभी कभी उसे लगता भी जब से शादी हुई वो एक बहू मां भाभी बस यही बनकर रह गयी। घर मे किसकी क्या पसंद बर्ताव नजरिया कब क्या चाहिए सब पता होता बस पराग और खुद के लिए बाहर तो दूर घर मे भी समय नही मिल पाता था।

......मसलो को तांख पे रख के , युक्तियो से निजात पाते है , चंद लम्हो के लिए ही सही आजाद हो जाते है।

उगती सुबह के साथ बैठे....चलो मिलकर देखे धुंधले चांद को , ओढा के लिबास सफेदी का , छोङ आया स्याह रात को ....नींद भरे ख्वाबो को आज जागती आंखो से रूबरू करवाते है ...चंद लम्हो के लिए ही सही आजाद हो जाते है।।.................. ....उगलियो से तारे गिने और जुगनु पकङ ले आए , तितलियो के बगिचे से एक मोरपंखी ले आते है ,,,,,,चंद लम्हो के लिए ही सही आजाद हो जाते है ।।

छोटी बहन मिठू के भी घर मे भी समस्या थी कि वो कभी मां नही बन सकती। जूही उसके लिए भी चिंतित रहती। उसको बुलाकर डाक्टर को दिखाना दवाई करवाना सब किए रहती। जूही पीहर ससुराल सबको संभालती चल रही थी। लेकिन समस्या कोई भी सुलझा नही पा रही थी बल्कि आगे से आगे नयी और बढती जाती।

सबसे बडी अनिल की ही समस्या थी। वो पूरी तरह से ठीक नही हो पा रहा था। एक दिन वो फिर से कही घूमने जाने का बोलता है जूही को। वो पैसे मांगता है उससे। जूही उसके खोने के डर से उसकी बात मान लेती है और पैसे दे देती है। उसको डर लगता है कि पराग अब गुस्सा करेगें इस बात से। लेकिन वो और करती भी क्या। अगर पैसे नही देती तो बिन बताए अनिल चला जाता। इसलिए उसने पैसे दे दिए कि कम से कम पता तो है कि कहां गया है।। भगवान का आसरा लिए जूही अनिल को जाने देती है।

पराग गुस्सा होता है जूही पर कि कम से कम बताया तो होता एक बार। जूही तुम समझती क्यो नही ऐसे वो ठीक नही होगा और ज्यादा आदि हो जाएगा। जूही चुपचाप खडी पराग की बाते सुनती रहती है।

अनिल चार दिन बाद घूम के आता है।दोपहर मे आकर वो सीधे घर जाकर सो जाता है। जूही को लगता है वो थका हुआ होगा। लेकिन शाम को जूही जब उसकी शक्ल देखती है तो वो समझ जाती है। वो अनिल को टोकती भी है कि अनिल तुम अपनी आदते क्यो नही सुधार रहे। इन सबसे तुम्हारा नुकसान ही हो रहा है। पराग के आने तक अनिल बिस्तर पर सोने जा चुका था। जूही भी कुछ नही बताती पराग को।

सुबह उठकर वो ही रोज के काम निपटा कर दूकान पहुंचने की भागदौड। जूही को लगता है आज तो अनिल पहुच जाएगा समय पर वो थोडा बाद मे चली जाएगी। पर एसा नही होता नशे का असर अनिल के शरीर पर इतना था कि वो उठ नही पा रहा था। फिर जूही को ही जाना पडता है।

दो तीन साल गुजर जाते है ये ही सब चलते। अब अनिल राह पर तो काफी हद तक आ गया था लेकिन फिर भी जूही को दुकान तो संभालने जाना ही पड़ता था दुकान की सारी जिम्मेदारी जूही पर थी अनिल सिर्फ सुबह से शाम तक उसे दुकान पर बैठने का काम करता था वह सारे कर्मचारी पर निगरानी रखने और सामान की देखरेख का काम करता था।

पिताजी की हालत काफी नाजुक चल रही थी। डाक्टर के बस मे भी नही थी अब। उनके सभी सेन्सेस धीरे धीरे खत्म हो रहे थे।वो पूरी तरह से अब बिस्तर पर ही थे। उनकी देखरेख सुबह तो पराग पर लिया करता लेकिन उसके आफिस जाने के बाद कोई नही होता कि उनके काम कर दे। क्योकि जूही अकेले नही कर पाती उनके नहलाने कपडे पहनाने के काम और अनिल... वो तो थोडा बहुत संभालता लेकिन अनिल दिमागी तौर पर खुद सामान्य नही था तो वो कभी कभार थोडा बहुत ही कुछ ही काम कर पाता।

अनिल सुबह दूकान संभालने चला जाता। वैसे दूकान पर तो मन लगने लगा था अनिल का बस जूही को परवाह बनी रहती।

जूही पिताजी की स्थिति देखते हुए पराग से उनकी देखरेख के लिए एक चौबीस घंटे साथ रहने वाले केयर टेकर रखने का बोलती है। क्योकि सारा दिन आफिस के काम और शाम को आकर पिताजी के काम, और कई बार तो सारी सारी रात जागना पडता पराग को। तो उसकी सेहत भी नासाज़ रहने लगी थी। जूही बोलती है पराग तुम्हारी सेहत सही रहना ज्यादा जरुरी है। तभी तो तुम सबको सही रख पाओगे।

मेरी बात मानो एक केयरटेकर रख लेते है। वो होगा तो फिर मै भी पिताजी को देख पाऊँगी। अकेले मुझसे नही संभलते वो।

पराग को भी जूही की बात सही लगती है। वो की लोगो से इस बारे बोलता है। क्योंकि उसे लगता है अंजाने आदमी को एसे कैसे घर मे लाकर रख सकते है। हर कोई तो विश्वास के काबिल नही होता। बहुत छानबीन और खोज के बाद एक एजेंसी से संपर्क करता है पराग। वो लोग अपना एक कर्मचारी भेज देते है।

केयरटेकर..... वो एक नया तुफान था जूही की जिंदगी का। पिताजी का भले ही काम वो करता लेकिन उसका चौगुना काम जूही को उसका करना होता। वो अपनी शर्तों पर ही रहता। जो खुदको सही लगता वो ही करवाता। उसकी मर्जी के बिना कुछ नही कर सकते पिताजी का। यहा तक की वो जूही के आने जाने काम करने मे भी टोकाटाकी करता रहता। जूही को बहुत गुस्सा आता कई बार तो। लेकिन बस जूही को तसल्ली ये ही थी कि पराग को भी अब आराम था और पिताजी का काम बहुत बढ़िया से हो रहा था तो उसकी फालतू बाते

नजरअंदाज की जा सकती थी। अब एक बार फिर घर की पटरी लाईन पर थी। सब सही तरीके से काम हो रहे थे। बस केयरटेकर के ज्यादा बोलने की वजह से जूही थोडा परेशान रहती। पर अब दुकान अच्छी चल निकली थी ।

एक दिन जूही घर के काम मे लगी थी और अनिल का फोन आता है कि स्टाफ का एक आदमी आ नही रहा न फोन लग रहा। दूकान आने पर पता चलता है वो गल्ले से पैसे और कुछ सामान की चोरी करके हमेशा के लिए वहा से चला गया है। पुलिस कार्यवाही वगैरह सब होती है। पर कुछ नतीजा नही निकलता। उनका अच्छा खासा सामान चोरी हो चुका था ।

जूही सब सुन देखकर दुःखी हो जाती है। उसकी अब रुलाई फूट पडती है। उसे ये ही लगता है कि जैसे ही सब सही होकर अच्छा होने लगता है आगे के लिए और बहुत कुछ सोचने लगते है जिंदगी पीछे खींकर फिर वही खडी कर देती है जहां से शुरुआत की थी।

..........,हवाओ के रूख का किस्सा बयां कर रहा है, जैसे चल रही है साजिश मौसमो को खिलाफ कर रहा है ।

एक कश्ती चली थी दरिया मे, मौजो से खेल खेलती कब तुफानो मे जा घिरी, है उम्मीद किनारो की मुसाफिर आस कर रहा है।

घटाओं ने आसमां को काली रात सी चादर ओढा दी ,तेज उठती लहरो का शोर कानो मे नश्तर से चुभोने लगा , दिन से रात रात से दिन, एक एक लम्हा थमती सांसो सा गुजर रहा हैं।।

अब धीर भी आहिस्ता आहिस्ता दम तोड्ने लगा है , दूर तक नजर बहारो के मंजर की राह तकने लगा , खत्म हो लहरो का जुनुन तो चैन आए , फैला के दामन दिल सजिदे कर रहा हैं।।

जिंदगी रोज नये फलसफे लिए मिलती , है मुश्किल बहुत पढना , जिन्हे वो किताबो मे लिखती .... धुंधले ख्वाबो का फिर सजे आशियाना , पलको का घर राह तक रहा है।।।

वो अनिल को और ज्यादा सजग रहने को बोलती है। वो बोलती है कि कुछ कडक नियम बनाओ दुकान के। नही तो मनमानी होने लगेगी।

मुश्किल होता था किसी एक कर्मचारी के जाने के बाद दूसरे की तलाश। ये भी एक बहुत बडा संघर्ष था।

दिन पे दिन बीत रहे थे। क्योकि पैसे की अधिकता इतनी ज्यादा कभी नही हुई की मनमाना खर्च कर सके, जूही एक एक खर्च बहुत सोच समझकर करती। बिजनेस दोनो ही ठीकठाक से चल रहे थे। अनिल मे पूरा तो नही फिर भी पहले से काफी हद तक सुधार था। दवाईयां सब चल रही थी।

बीच बीच मे दौरे जैसी स्थिति हो जाती तो जूही उसे समझाकर घर मे रुककर आराम करने को बोलती। एसे ही समय गुजरता गया।

अनिल अब बहुत से घर के काम दुकान की जरुरत की चीजे लाना ये सब करने लगा था।

एक दिन पिताजी की हालत बिगड रही थी इधर दुकान पर जाना भी जरुरी था। जूही थोडी देर मे वापस आने का कहकर जाती है और अनिल को कुछ सामान लेने भेज देती है।अनिल बाईक से सामान लेने निकल जाता है। जूही इंतजार कर रही थी कि बस अनिल के आते ही घर जाएगीं पिताजी के पास चली जाएगी। लेकिन अचानक पराग का फोन जूही के पास आता है जल्दी घर आ जाओ मै घर पर ही हूं। पिताजी को अस्पताल लेकर जाना है। जूही जल्दी घर पहुंचती है। दोनो

केयरटेकर के. साथ पिताजी को लेकर अस्पताल पहुंचते है। थोडी देर तो अस्पताल मे सांसे चलती है पिताजी की। लेकिन फिर थम जाती है। सफेद चादर मे लिपटे पिताजी के शरीर को डाक्टर उन्हे सौप देते है।

गला रुंध जाता है जूही का पिताजी को एसे देखकर। आंसूओ पर काबू नही कर पाती। पराग की आंखो मे आंसू भरे हुए अपने आपको खुद संभाल रहा था और जैसे खुदको ही समझा रहा था कि अब वक्त आ गया था पिताजी के जाने का। एक पल मे कोई साथ छोड जाता है आज एहसास हुआ था कि कुछ देर पहले तो बात कर रहे थे देख रहे थे और एक सैकंड मे सब खत्म।

ये सब सच है..... आंखो पर विश्वास नही होता।

घर मे लाकर उनका अंतिम संस्कार के लिए ले जाते है।

बहुत दिन बाद एक बार फिर घर मे लोगो की है आवाजही लगी थी। घर की बहु चूल्हा नही छूती तीये तक। जूही एक किनारे बैठी बस रोए जा रही थी। पिताजी का जाना अविश्वसनीय सा था। उसको बार बार लगता शायद पिताजी आवाज देगें। अब आवाज आएगी। सब अपने अपने काम निपटा रहे थे। कोई बैठने आता कोई धैर्य बंधवाने तो कोई सीख सलाह देने।

अनिल की भी सिसकीयां बंद नही हो रही थी। बचपन से ही उनकी गोद मे खेला बडा हुआ उन्होंने कभी उसको पिता की कमी महसूस नही होने दी थी। तेरह दिन हो गये थे पिताजी को गुजरे। मेहमान जूही के घरवाले सब जा चुके थे। जूही पराग अनिल सब अपने काम पर जाना शुरू कर देते है।

अब घर मे मां पिताजी दोनो जा चुके थे।

रोज के काम वैसे ही हो रहे थे जैसे पहले होते। बस वो कमरा खाली दिखता जिसे घर से निकलने के पहले जूही और पराग हमेशा होकर गुजरते। घर आकर वो आवाज गायब थी जो हमेशा बोल उठती थी..... आ गये सब लोग।घर बिल्कुल सूना हो गया था।

बच्चे भी अनमने से रहते। दादाजी को बहुत याद करते।

वो रोज अलग से गर्म पानी.... फिकी चाय..... कम मसाले वाला खाना... पतली खिचडी.... सब काम पिताजी के साथ खत्म हो गये। दिन बडा ढीला ढीला सा लगता था। दिन चढने से लेकर सूरज ढलने तक बडा बेमानी सा दिन गुजरता।

..................रहिए अपनो के आस पास जरा , कि किरायेदारो की जरूरत नही होती....जो नजरे इनायत बनी रहे उनकी ,तो शिकवो की गुंजाइश नही होती ।

सिर पर रखे बूढे हाथ की ये लकीरे , बरसो पूराने बरगद की छांव देती है...मौजुदगी हो गर सायो की की उनकी , वहां तालो की गुजांइश नही होती ।।।।

एक दिन अनिल जूही पराग तीनो साथ खाना खा रहे थे। अनिल दोनो से बोलता है कि मै अलग घर मे रहना चाहता हूं। मै अपनी जिंदगी खुद एक बार फिर से सही तरीके से शुरु करुगां। अपने आप खुदके सब काम करुगां। दुकान रोज समय पर आ जाया करूगां।यह सब सुनकर जूही सन्न रह जाती है। पराग और जूही दोनो मना कर देते है। वो बोलते अनिल ये घर तुम्हारा ही तो है। यहां से जाने की बात भी मत करना कभी। पिताजी के जाने के बाद वैसे ही घर सूना हो गया है। और तुम चले गये तो बिल्कुल सुनसान सा हो जाएगा।

पर अनिल जिद पकड लेता है। जूही रोते हुए बोलती है.. "अनिल पर तुम्हें यहां से कहीं ओर क्यो रहना है। कोई बात हो तो बताओ।"

नही नही भाभी बस यूं ही जाना है। आप लोग मत रोको प्लीज। अनिल बोलता है।

उसकी जिद के आगे वो दोनो कुछ नही बोल पाते। हां इस बात को जरुर मान लेता है कि वो अपने इस घर के आस पास ही रहेगा। यहां घर मे शनिवार रविवार आ जाया करेगा। और सुबह का खाना जूही वही दुकान पर लाएगी वो खाएगा।क्योकि अनिल को रोज दवाई देना जरूरी था इसलिए जूही चिंता मे पड जाती है। जूही अनिल को बोलती है दवाई हमारे सामने ही लिया करोगे दूकान मे या यहा घर आकर। अनिल उनकी सब बात मान लेता है।

अपना सब सामान लेकर अनिल पास मे ही घर किराये पर लेकर रहने लगता है। अपने आपको पूरी तरह संभालने की कौशिश रने लगता है।

आस पास के लोग तरह तरह की बाते बनाने लगते है। कोई पराग के लिए कोई जूही के लिए और कोई अनिल के लिए फालतू बाते करते।

जूही सब समझती थी लोग क्या बोलते है उसके मिलने वाले क्या सोचते है उसकी मिलने वाली कुछ सहेलियाँ थी वो बोलती कुछ नही पर ईशारो मे जूही को शर्मिंदगी महसुस करवा देती।

रोहण भी बारहवी मे आ गया था। पढाई के लिए मेहनत और फिर आगे की पढाई के लिए सर्च शुरु कर दी थी। रोहण विदेश जाना चाहता था हायर स्टडीज के लिए। जूही बस

उसको ये ही कहती रोहण हम पूरी कौशिश ही कर सकते है। जो तुम चाहते हो वो करवाने की। क्योकि पैसो को लेकर माना स्थिति सही नही है अपनी पर इतने ज्यादा पैसे खर्च करके दूसरे देश पढाई के लिए जाना, ये भी तो सही नही लग रहा कुछ। पहले अपने आपको संभालना तो सीखो । वहां अपना कौन होगा। सोचने की बात है न ये। कभी कुछ हुआ आसानी से न यहां तुम आ सकते हो। न ही हम तुम्हारे पास आ सकते है। ऐसी पढाई से क्या फायदा। जहा तुम बिल्कुल अकेले रह जाओ। मोबाइल इंटर्नेट की दुनिया जैसी रंगीन दिखती है असल मे वैसी नही होती।

जूही यही समझाती है की पहले बारहवीं कक्षा पर ज्यादा ध्यान दो। ये सब बाद की बात है।

और फिर यहा भी कोई अच्छा शहर देखा जा सकता है पढाई के लिए।लेकिन रोहण का भी सपना ही था जैसे बाहर पढाई का। समय बीतने पर उसको समझ आने लगता है कि सच मे पहले एक बार पढाई अपने देश मे रहकर ही की जाए। यही सही है। बाहर जाने के फैसले से घर मे भी सब परेशान रहेगें। और भी न जाने कितनी और चीजो मे भी परेशानी आ जाए।

रोहण घर मे जूही पराग को बोलता है ठीक है वो यही रहते हुए दूसरे शहर के लिए कौशिश करेगा...। अब जूही की सांस मे सांस आती है। वो क्योंकि बहुत डर रही थी कि रोहण के बाहर पढने जाने के नाम से।पता नही फिर जल्दी जल्दी मिलना भी नही होता बाहर जाओ तो।

पर जूही को रोहण का वो चेहरा भी नही भूलता जिसमे एक सपना दिखता था विदेश जाकर पढाई करने का। एक कशमकश थी की काश ये संभव होता। मन मे ये बात घर कर गयी थी उसके। क्योकि पढाई के लिए जूही के भी बहुत सपने थे। उन

दिनो उसके बाबा ने जब नही भेजा था तो बहुत निराशा हुई थी। जूही रोहण की इस बात को महसूस कर पा रही थी कि जब हमारी मन का कोई काम नही हो पाता या उसको लेकर समझौता करना पडे तो बहुत दुःख होता। इसलिए आगे के लिए जरुर जूही सोचना चालू करती है कि जब रोहण की कालेज की तीन साल की पढाई पूरी हो जाएगी तो वो कौशिश जरुर करेगें उसे बाहर भेजने की । वो अपने बिजनेस को और ज्यादा बढाने की कौशिश करेगी। अभी तीन साल है। इन तीन सालो मे वो अच्छी मेहनत करेगे दोनो बिजनेस को बढाने मे। कुछ पहले से ऐसे प्लानिंग भी करके रखेगें जिससे ये सब कर पाए।

जूही अनिल को रोहण को तान्या को सभी को संभालते हुए अपने काम मे लगी हुई थी। बस यूं ही दिन गुजर रहे थे। सबको बस तसल्ली देती की जल्द ही देखना अपना काम खूब तरक्की पर होगा। फिर सबके काम पूरे होगें। सबके सपने सच होगें।

बहुत से सपने सज रहे थे जूही की आंखो मे। जैसे अनिल के लिए उसका खुदका एक घर दिलवाना। वो किराये के मकान मे रह रहा था जो जूही को रास नही आ रहा था। एक अच्छी लडकी से उसकी शादी उसकी जिंदगी व्यवस्थित करना, रोहण को उसके मन की पढाई करवाना, तान्या को हर छुट्टिया कही बाहर जाकर मनाने का मन होता, बाहर घूमने का शौक, मां बाबा के साथ तसल्ली से कुछ वक्त बीताने का मन और खुद को.. खुद को तो कुछ दिन का समय एसा जब कही दूसरी जगह जाकर केवल वो और पराग बिताए।

लिखने का तो शौक था ही.... वो अपनी लिखी एक किताब भी पब्लिश करवाना चाहती थी। पर काम की भागदौड मे समय ही नही मिल पा रहा था। और हां एक एसी जगह जाना चाहती थी जो बहुत ऊचाईयों पर हो। जहां से वो रात का आसमान थोडा नजदीक और साफ साफ देखना चाहती थी।

चांद, छोटे बडे टिमटिमाते सितारे, अकेला चमकता ध्रुव तारा और बहुत से उजले धुंधले दिखते सितारो की.... आकाशगंगा। उसमे कही कही सितारो मे टिमटिमाते उसके ख्वाब दिखा करते थे। बहुत करीब से उस आसमान को वो देखना और महसूस करना चाहती थी।

भगवान पर पूरा भरोसा था उसको। दोनो हाथ जोडे बस यही दुआ मांगती कि , बस कभी हारने मत देना निराश न करना। न जाने कितने ही डोरे बांधती मंदिर के दरवाजों पर चौखट पर। उसे लगता था कि कोई शक्ति जरूर है हमारे आसपास तभी तो इतनी मुश्किलों मे भी आसानी से समय गुजार पा रहे है। देर से ही सही पर काम सब होते है। ये सपने पूरा करने के लिए दिन रात नये नये ख्याल बुनती। यही सैचती रहती एसा क्या काम किया जाए जिससे घर मे अलग से कमाई का साधन बने।

रोहण की बारहवीं की परीक्षा भी नजदीक आ रही थी। तान्या अपनी पढाई के साथ आर्ट्स क्लास भी जाने लगी थी। पराग बिजनेस के सिलसिले मे अक्सर बाहर आता जाता रहता। जूही पराग की जिंदगी भागदौड मे निकल रही थी। सुबह से रात और रात से सुबह का समय पता ही नही चल रहा था। दोनो खुद के बारे मे कुछ न सोच पाते न कर पाते। आपस मे सुकुन से बैठकर बात करने का वक्त नही था।

अनिल अभी भी बाहर ही दूसरे घर मे किराये पर रह रहा था। उस घर को भी जूही अक्सर जाकर संभालकर आती। कमरा की साफ सफाई कपडे समेटना ये सब काम भी जूही करती। कई बार जूही ने अनिल की शादी करनी चाही लडकी भी उसके लायक देखी लेकिन अनिल राजी नही होता।

अब जूही भी अनिल की शादी के लिए हार मान चुकी थी। उसको लगने लगा था कि अनिल शायद कभी नही राजी होगा शादी के लिए। ये भी भगवान की मर्जी समझकर उसने इस बात को मान लिया था। और सोचती कोई बात नही बहुत लोग जीते है शादी के बगैर। हो सकता है ये सब अनिल के अच्छे के लिए ही हो। और फिर न जाने अगर दूसरी शादी कर भी दे तो वो लडकी कैसी आए।

और भी न जाने कितनी बाते अनिल को लेकर उसके दिमाग मे चलती रहती पर वो उन्हे सोचकर परेशान हो जाती थी। अनिल की जिंदगी के आगे का सब कुछ समझ के बाहर था।।

रोहण और तान्या दोनो की परीक्षा सर पर थी। उन्हे समय दे पाए तो जूही ने अब दुकान पर जाना बहुत कम कर दिया था।

वो कुछ समय के लिए जाती बाकी समय अनिल संभालता था। परीक्षा होती है। तान्या पास होकर दसवीं मे आ जाती है। रोहण के नतीजे का इंतजार था। उसे अच्छे नम्बर लाने जरुरी थे। क्योकि सभी बडे कालेज के लिए फार्म भरे थे।

एक दिन सुबह सुबह पराग और जूही साथ ही चाय पी रहे थे। तभी रोहण उठकर आता है और दोनो को बोलता है कि रिजल्ट आ गया है। लेपटॉप लेकर वो अपने पापा के साथ बैठता है रिजल्ट देखने। बहुत नर्वस हो रहा था। पर रोहण बहुत अच्छे मार्क्स से पास हो जाता है। घर मे बहुत समय बाद इतनी खुशी की कोई खबर सुनाई दी थी।

उस दिन वो सब मिलकर खूब खुशी मनाते है। बाहर संग घूमने जाते है रात का खाना बाहर खाते है। अगले दिन रोहण अपने सब दोस्तो को मिलने जाता है कि फिर पता नही कब मिलना हो। पूना के एक बडे कालेज मे उसका एडमिशन हो जाता है।

बस अब उसके फीस भरना वहां जाने की तैयारी करना वहां जाने की व्यवस्था देखना बस इन सभी मे लग जाते है।फीस वहां की भी कम नही थी। और फिर ऊपरी चीजे लेने के भी बहुत खर्च थे। तो बहुत सोच समझकर पराग सारा अपना बजट बनाता है पैसो का।

पराग बोलता है कि पहले एक बार वो रोहण के साथ जाकर पूना मे फीस जमा करने का और कालेज होस्टल सब देखने का काम कर आए। पहले वो बंदोबस्त कर आए एक बार रोहण भी देख लेगा अपना कालेज रुम और भी वहा की सारी चीजे फिर बाद रोहण अपने आप सामान लेकर यहा आ जाएगा।

पराग अनिल से भी बोलता है कि साथ चल लो तुम्हारा भी मन बहल जाएगा। बहुत दिन से कही गये नही बाहर। पर अनिल मना कर देता है। जूही जा नही सकती थी। क्योकि तान्या की दसवी की क्लास की पढाई शुरू हो चुकी थी। और दुकान भी नही पूरी तरह अनिल पर छोड सकते थे। क्योकि अकेलापन ही अनिल की बिमारी थी।जब कभी वो अकेलापन महसूस करता उसको दिमागी दिक्कत होने लगती। इसलिए उसे अकेले नही छोड सकते थे।

पराग देखता है कि वो बिजनेस कब 5,6 दिन का समय निकाल सकता है और फिर एक दिन सही समय देखकर पराग और रोहण पूना के लिए निकल जाते है।वहा जाकर 4,5 दिन मे पराग कालेज की फिस और सारी जरूरत सब पूरी कर देता है। रोहण को भी आस पास सब दिखा देता है कि कुछ जरूरत हो तो वहा से ले सकता है। होस्टल का इंतजाम भी हो जाता है। कमरा भी बुक कर लेते है होस्टल का। पराग रोहण को सब समझाता रहता है कि कैसे रहना है, समझदारी से रहना है, पढाई मे रहना है, फालतू बातो से दूर रहना है।

पराग बोलता है... रोहण अब तुम बडे हो समझदार हो अच्छा बूरा सब जानते हो आगे जिंदगी बनानी है तो समझदारी से तुम्हें ही रहना है। हम सिर्फ समझा सकते है।

रोहण सिर हिलाकर पापा को अपने सहमति दे रहा था। सब काम खत्म करके दोनो वापस अपने शहर काकूगढी लौट आते है।

पराग और जूही का दिल भारी हो रहा था रोहण को बाहर पढने भेजने के लिए। जैसे जैसे दिन जाने के नजदीक आ रहे थे जूही भावुक होए जा रही थी रोहण को लेकर। उसे लग रहा था सच मे रोहण तो सिर्फ बाहर पढने जा रहा है तो उसका इतना मन भारी हो रहा है मा बाप जब बेटी विदा करते तो क्या दिल पर बितती होगी अब समझ आ रहा। बहुत मुश्किल है बच्चों को अपने से दूर भेजना।

जबसे रोहण के जाने की तारीख तय हो गयी था जूही हर बात को बहुत गहराई से सोचने लगी थी।वो बहुत उदास रहने लगी थी। हर पल उसको दिमाग मे रहता कि सब छोडकर जाते है पहले मा फिर पिताजी चले गये। अनिल अलग रहने गया और अब रोहण भी जा रहा है। उसे अपने मा बाबा के लिए रह रह कर लगता था कि उम्र तो उनकी भी हो रही है। कौन पता नही कितने दिन साथ है। इस रोज की भागदौड मे वो अपने मा बाबा को बिल्कुल समय नही दे पा रही थी उनसे मिलने नही जा पाती। वो उनके बारे मे सोचकर डर जाया करती थी।

रोहण की तैयार मे जूही लगी हुई थी।

रोहण के जाने की तैयारी मे लगी हुई थी जूही। सब याद करके एक एक सामान पैक कर रही थी। जैसे पराग ने रोहण को समझाया था वैसे ही जूही भी उसे समझाती जा रही थी। अगले दिन दोपहर मे रोहण की ट्रेन थी। उसका टिकट और सारे डोक्युमेंटस संभाल के रख देती है।

वहां होस्टल मे खाने के लिए उसके लिए वो बहुत सी चीजे बना कर रखती है।

अगले दिन सुबह जल्दी जल्दी उठकर तैयार हो जाते है। जूही बार बार रोहण को आवाज देकर ढंग से सामान रखने वहां ढंग से रहने और भी बहुत बाते समझाये जा रही थी।

रोहण जूही के गले लगते हुए बोलता है हां हां मम्मा आप जैसे बोल रहे हो वैसे ही रहुगां। जूही बोलती है रोहण तुम्हे पता है मुझे बहुत डर लगता है बाहर की जिंदगी के लोगो से। पता नही कैसे कैसे लोग होते है।

पराग बीच मे बात काटते हुए बोलता है मुझे विश्वास है रोहण ऐसा कुछ नही करेगा जो गलत है। है न रोहण... और उसे गले लगा लेता है। अब वो एक समझदार बच्चा है। कहते हुए पराग और रोहण सामान उठाते है जूही और तान्या तैयार होकर आते और सब मिलकर रेलवे–स्टेशन की ओर गाडी से चल देते है।

फिर एक नया मोड सा था जिंदगी का। बाहर खिडकी की ओर झांकती जूही नजरे बस यही देख रही थी कि सब कुछ अपनी जगह है हम सब वही है बस बदल रहा है तो वक्त। ये किसको कहा ले जाए कुछ पता नही। हर चीज किस्मत से जुडी हुई है।

तान्या जूही की खामोशी तोड़ते हुए बोलती है क्या हुआ मम्मा, भैया के जाने से इतनी उदास मत हो। मै हूं न घर मे आपके साथ। वो रोहण को चिडाते हुए बोलती है जाने दो इनको, अपन दोनो खूब मजे करेगें घर मे। और हंसने लगती है।

ट्रेन समय पर स्टेशन पर आ जाती है, रोहण को सीट पर बैठाकर जूही पराग तान्या नीचे स्टेशन पर खडे रहते है उसी खिडकी के पास जहा रोहण बैठा हुआ था।

ट्रेन सीटी देती है और धीरे धीरे चलने लगती है। जूही की आंखे भर आती है रोहण को अपने से दूर जाता देख।हाथ हिलाते हुए रोहण को सब लोग बाय बाय करते है। और देखते देखते जल्द ही ट्रेन आंखो से ओझल हो जाती है।

मम्मी मम्मी.........दरवाजा खोलो। खटखट खटखट... टिंगटोंग टिंगटोंग...आवाज सुनकर जूही चौक कर उठती है और अपने अतीत की यादो से बाहर निकलती है। तेज कदमो से कमरे मे से बाहर आकर दरवाजा खोलती है। पराग पूछता है क्या हुआ सो गयी थी क्या।

जूही को पता ही नही चला वो कब इतनी गहरी पूरानी यादो मे चली गयी. थी। रात का खाना खाने के बाद सब रोहण से एक बार फिर बात करते है फोन पर। वो भी ट्रेन मे खाना खा चुका था। जूही ने उसकी पसंद का खाना बना कर था। जूही पराग को आज बात करते करते. देर रात हो जाती है।खुदकी पुरानी गुजरी बाते, रोहण तान्या को लेकर बहुत सी बाते ... आज बहुत दिन बाद शायद इतनी बाते घर को लेकर की थी दोनो ने।

रात ज्यादा हो गयी थी पराग बोलता है जूही अब ज्यादा मत सोचो। रोहण अपने आप सब कर लेगा संभाल लेगा। सो जाओ। पराग सो जाता है।

पर जूही की आंखो मे नींद कहां थी। उसकी आंखो मे बार बार रोहण का चेहरा सामने आ रहा था। उसे उसकी बार बार याद आ रही थी।

रोहण को बाहर पढने भेजने मे बहुत सोच समझकर सारे खर्च कीये थे। बहुत बातो मे, चीजो मे समझौते भी किये थे। इधर तान्या की पढाई पर भी खर्च कम नही था अब। अनिल के दूसरे घर मे रहने से भी पूरा एक घर का खर्च अलग सा

ही हो रहा था। दूकान तो मानो बस अनिल का मन केवल किसी काम उलझा रहे इसलिये चला रहे थे। पर अब अनिल दूकान मे पूरा मन लगाकर काम और आगे बढाने की कौशिश मे लगा हुआ था ।

अब घर मे जैसे कोई रह ही नही गया था। खाली खाली सा लग रहा था घर। सुबह का काम जल्दी खत्म हो जाता तो जूही समय पर अपनी दुकान पहुंच जाती। वहा ज्यादा से ज्यादा समय देती जिससे मुनाफा भी बढे। नये नये जतन नये नये तरीके आजमाती दुकान की तरक्की के लिए। विज्ञापन करवाती सब जगह। इतने प्रचार के बाद अब लोगो तक दुकान की जानकारी पहुचने लगी थी। लोग भी आने लगे थे। लेकिन जैसे दुकानदारी बढ रही था उसमे और निवेश पैसे लगाने की जरूरत पडती जा रही थी। सब यही कहते शुरुआत मे बीजनेस मे अपनी जेब से ही पैसा लगता है। फिर कुछ समय बाद ही मुनाफा देता है। ये बात सोचते हुए जूही बस पैसे लगाए जा रही थी।

कई बार पराग से बहस भी हो जाती इस बारे मे। पराग कहता अनिल को तो कही और भी काम पर रख लेगे। केवल इसलिए जबरदस्ती पैसे लगाने का मतलब नही। पर जूही नही मानतीं। उसने अनिल को लेकर ठान लिया था और विश्वास भी था कि वो एक दिन जरूर ठीक भी हो जाएगा और शादी भी होगी।

बस कौशिश और मेहनत ही उपाय रह गया था उसकी पास अब जिंदगी को सरल तरीके से चलाने का। जितनी मेहनत वो कर रही थी उसके पास घर के लिए भी अब समय कम पडता जा रहा था।

रोहण से बात करती रहती थी रोज रात मे। कई बार उसने उसके पास जाने का भी सोचा पर काम की व्यस्तता के कारण जाना ही नही हो रहा था। इधर तान्या को भी नही छोड सकती थी।

जूही के दिमाग मे जिंदगी के न जाने कितने फलसफे चलते रहते। आए दिन एक नयी परेशानी दस्तक देती। फिर उससे खत्म करने की कौशिशे... बस चल ही रही थी जिंदगी। रोहण के भी आए दिन कालेज नये नये खर्च जूही और पराग को परेशानी मे डाल देते।

राहे जिंदगी की वो चली जा रही है.....अंजानी अनदेखी सी फजा है......हवा कुछ गुनगुनाती सी कह रही है.......

.......है मंजिल हर सफर की...फिर क्यों सवाली सी निगाहों मे छा रही है।।।

एक दिन दुकान पर खाली बैठे जूही यू ही कुछ लिख रही थी अपनी डायरी मे।

लिखते लिखते वो एक बार उसे शुरू पढना चालू करती है। काफी रोचक लगता है उसे अपना ही लिखा हुआ। वो वैसे एक बार खुद का लिखा हुआ कभी नही पढती थी दोबारा। लेकिन आज जब उसने पढा तो अच्छा लगा और आश्चर्य भी हुआ की अपनी जिंदगी को लेकर बहुत अच्छा लिख डाला इतने सालो मे..... उसे पता ही नही चला।

जूही सोचती है क्यो न एक उपन्यास लिखी जाए जिसमे आज तक मेरे लिखे एहसास कविताए सब हो। फिर उसे प्रकाशित किया जाए किसी प्रकाशक से।

आजकल तो सोशल मीडिया पर से ही लोग खूब कमाई कर लेते है।

फिर उसके मन मे विचार आता है इस सोशल मीडिया वाले जमाने मे कौन पढेगा उसकी किताब। ये सोचकर वो अपनी डायरी तक ही सीमित हो जाती है।

लेकिन जैसे किस्मत जूही को इस ओर खींच रही थी। जाने अंजाने फोन पर उसके सामने कई एसी बाते आती जिससे जूही फिर दोबारा अपना विचार बनाती है उपन्यास लिखने का।

बस फिर क्या था फोन पर एक पब्लिशर का विज्ञापन बार बार दिखता है। वह उससे बात करती है। वो लोग जूही को एक एक बात बहुत अच्छे से बताते है। और उसकी किताब को अच्छे प्रचार का आश्वासन देते है। वो जूही को बोलते है आप चाहे तो आफिस भी आ कर मिल सकते हो।

अब तो जूही का इरादा बुलंद हो चुका था। उसने सोच लिया था कि चाहे कुछ हो वो अपनी किताब छपवा के रहेगी। जूही पराग से इस बारे मे पूरी बात करती है।

पराग बोलता है ठीक है। तुम कौशिश करो मै साथ हूं। जहां जरुरत हो बता देना।

पहले बस जूही का सपना हुआ करता था अपनी एक किताब पब्लिश करवाना पर आज जूही का मकसद ही बदल गया था। वो अपनी लिखी किताब के जरिए कमाना चाहती थी।

जबकी पराग समझाता है कि इसे अपना शौक समझकर करो।

पर घर की जरुरत को देखते हुए जूही अपने इस हुनर से कुछ कमाना चाहती थी। उसे लगता है भगवान ने सभीको कुछ न कुछ हुनर तो दिया ही है। तो क्यो न मै भी इस हुनर से अपने जिंदगी के रास्ते कुछ आसान कर लूं।

खुद के लिए नही बस अपनो के लिए अब ये जरुरी हो गया है।

वो कई किताबे और उपन्यास पढती है क्योकि एक शौक मे लिखना और काम के हिसाब से लिखने मे फर्क था। वो रोज बैठकर थोडा थोडा सही तरीके से लिखती जो भी पुराना लिखा हुआ था।

एक उचित भाषा मे लिखना जरुरी था और कुछ ऐसा भी जिसे लोग चाव से पढे।

कितनी बार तो उसे समय बिल्कुल ही नही मिलता था और वैसे केवल रात मे मिलता। रात तक उसके जबरदस्त थकान रहती आंखो मे नींद की खुमारी रहती लेकिन फिर भी किताब के कुछ पन्ने जरुर लिखती।

लिखने के लिए एक समय माहौल सब चाहिए होता जो जूही को मुश्किल से ही मिलता। उसके बावजूद वो हार नही मानतीं। अपने आपको मजबूत रखती और शांत मन से किताब को सोचने लिखने की कौशिश करती।

कई रातें हो चुकी थी जूही को किताब लिखते उसके लिए देर तक जागते। वो देर रात तक जागकर अपना लिखने का काम करती। पब्लिशर के फोन पर फोन आए जा रहे थे। क्योकि उन्होंने उसे एक निर्धारित समय सीमा दी थी कि तीन महीने की। वो नजदीक आ रही थी। जूही परेशान रहने लगती क्योकि समय तो सबको देना भी जरुरी था। कोई भी तो ऐसा काम नही था जिसे नजरअंदाज किया जाए। सब जरुरी थे। और इन सब को आसान करने के लिए किताब पब्लिशिंग का बीडा उठाया था। कितनी बार अपने आप को हारा हुआ भी समझा पर अपने आप को खुद समझाते डटी रही इस काम मे। उलझी हुई सी जिंदगी को सुलझाने का मकसद बना लिया था उसने।

इस किताब को लेकर उसे पूरा विश्वास था कि इतनी सफल होगी सभी की राहे आसान हो जाएगी।वैसे बिल्कुल असंभव सा था सब कुछ पर पता नही क्यो जूही भरोसा था। उसे अपने आप पर हसीं भी आती। फिर सोचती कि नही मेरे साथ जरुर अच्छा होगा। भगवान मेरा साथ जरुर देगे। मन ही मन वो अक्सर अपने भगवान से बाते करती। हाथ जोडकर बोलती तुम जो मुझसे करवा रहे हो भगवान बस वो ही सब कर रही हू। मेरी राहे इतनी मुश्किलों से भरी मत करो इन्हे आसान करो। अब ये रस्ता तुमने सुझाया है तो मंजिल तक भी तुम ही पहुचाओगे।

क्योकि पब्लिशर को तो कम्प्युटर मे टाईप की हुई फाईल मे चाहिये थी। तो जूही ने अपने एक जानकार से बोलकर किसी से टाईप करवा रही थी। वो रोज लिखे पन्ने फोन से मैसेज करती रात मे और फिर वो टाईप करता । जूही ने कभी देखा ही नही था उसको। उसे लग रहा था कि जैसे एक कंटीले रास्तो वाली ऊचांई पर वो चढती जा रही है। कुछ समझ नही आ रहा तो बस चढते हुए आंखे मूंद ली है और आगे बढती जा रही है। कभी ठोकर से गिरती पीछे आती लेकिन फिर दोबारा चढाई शुरु कर देती। बहुत घुटन सी हो रही थी। आगे का रास्ता साफ नही दिखाई दे रहा था।

ये सब मे लगी हुई ही थी कि एक दिन दुकान पर बैठे बैठे अनिल की तबियत बिगड जाती है। उसके उल्टियां होने लगती है और वो बेहोश हो जाता है। उसे जल्दी से जूही पास के अस्पताल ले जाती है। जहां डाक्टर बताते है कि उसके पेट मे कोई गांठ की वजह से वो खाना नही खा पा रहा था। जूही और पराग को चिंता हो जाती है। डाक्टर उसके आपरेशन के लिए बोलते है। अनिल को एक दिन अस्पताल मे एडमिट के बाद अगले दिन आपरेशन था। पराग अस्पताल मे ही था जूही

घर आकर घर दूकान दोनो संभालकर अस्पताल पहुंचती है। आपरेशन करके गांठ निकाल दी जाती है। अनिल को होश आता है तब जूही और पराग को चैन मिलता है। इन सबके कारण जूही के लिखने का काम थम जाता है।

कुछ दिन मे अनिल को अस्पताल से छुट्टी मिल जाती है। जूही उसे अपने घर ही ले आती है। वो अनिल को समझाती है जब तक तुम पूरी तरह से नही ठीक हो जाते दूसरे घर मे नही जाओगे। जूही पराग फिर से अपने अपने काम मे लग जाते है। तान्या स्कूल से आकर अपने चाचू का ध्यान रख लेती थी। उन्हे किसी चीज की जरूरत होती तो वो मदद कर दिया करती। धीरे कुछ दिन बाद अनिल बिल्कुल सही हो जाता है। वो वापस अपने घर चला जाता है।थोडे दिन बाद ठीक होने पर दुकान भी आने लगता है। जूही को फिर से किताब लिखने का समय मिलता है। अब वो दिन मे भी जब समय मिलता तो लिख लिया करती और रात मे भी लिख लिख कर टाईपराईटर के पास भेजती रहती। लगभग अब कहानी पूरी होने ही वाली थी। लिखते लिखते एक दिन जब किताब पूरी हो जाती है। फिर उसमे कही कही सुधार का काम करवाती है। किताब वो थोडा अलग तरह से छपवाना चाहती थी तो पूरा बैठकर किताब के हर एक पन्ने को डिजाइन करती है कि कहानी वाला पन्ना कैसा और कविताओ वाला अलग तरह से डिजाइन किया हुआ हो। अलग अलग तरह से अपनी लिखी कविता के अनुसार पन्ने को डिजाइन करती है। बस ये काम भी खत्म ही हो रहा था।

पर मुश्किल आती है जब जूही सोचती है कि किताब मे एडिटिंग वो किसी से सामने बेठकर करवाए। जहां वो खुद भी पढ सके । पर समय न होने की वजह से ये नही हो पा रहा था । और आसपास कोई मिल भी नही रहा था । वो बहुत लोगो से पूछती है पर काई राजी नही होता इस काम के लिए।

अब जूही तय करती है कि वो खुद ही करेगी ये काम । वो नेट पर सर्च करके हिंदी टाइपिंग एक बार फिर से सीखती है । एक बार फिर से पुराना सीखा हुआ उसे सब याद आता है । वो देर रात तक बैठकर एडिटिंग करती । एक अच्छा तर्जुबा था ये जूही के लिए ।

पब्लिशर एक बडे शहर का था। वो अपनी कम्प्यूटराइज्ड फाईल मे कहानी लेकर उस शहर जाने की तैयारी करती है।

फोन पर पहले ही जूही बात कर चुकी थी उससे मिलने को लेकर। वो रोहण को भी फोन पर सारी बात बताती है। रोहण बहुत खुश होता है ये सब सुनकर। इससे पहले जूही ने किसी से जिक्र नही किया था किताब के बारे मे।जूही और पराग दोनो गाडी से दूसरे शहर पहुचते है। वहा पहुंचकर जूही पब्लिशर के पास बताए समय पर आफिस पहुच जाती है। वहा वो बैठकर काफी देर तक बातचीत करते है। जूही पब्लिशर को अपना मकसद साफ शब्दों मे बता देती है। जूही पब्लिशर को बोलती है देखिए हमे एसे तो कोई जरूरत नही... पर ये किताब मुझे मेरे सपनो को पूरा करने के लिए केवल छपवानी ही नही केवल बल्कि इसे सफल भी करवाना है। देश मे ज्यादा से ज्यादा लोग इसे पढे पसंद करे और खरीदे। इसका आपको प्रचार अच्छा करना होगा। ये जिम्मेदारी आपकी है।

जितनी लोगो तक पहुंचेगी आपको भी फायदा ही होगा और मेरा भी। जूही बैचेनी और भी पता नही क्या क्या बिना रुके बोलती ही जा रही थी। पब्लिशर भी हैरान था उसकी बाते सुनकर और मंद मंद मुस्करा भी रहा था। पराग ने भी इससे पहले कभी जूही को इस तरह तो बोलते नही देखा था। उसकी बाते सुनकर उसे लग रहा था कि जूही के मन इतना सब कुछ चल रहा है ये सब तो मैने कभी महसुस ही नही किया। हमेशा सब बाते होती पर ये बाते तो कभी सामने नही आयी थी।

पब्लिशर जूही को दिलासा देता है कि जो भी अच्छा से अच्छा होगा हम वो सब करेगे आपकी किताब के लिए। पूरी कौशिश करेगे कि ज्यादा से ज्यादा लोगो तक ये पहुचे। फिर दोनो मे फीस को लेकर बात होती है डोक्युमेंटस साइन होते है। सब काम पूरे करके पराग के साथ वो वापस अपने घर आ जाती है। दिन निकलते जा रहे थे। जूही को अपनी किताब के छपने का इंतजार था। रोज सवेरे उठकर वो सोचती शायद आज फोन आए पब्लिशर का। पर दिन यूं ही निकलते जा रहे थे। एक दिन शाम को जूही दुकान से घर आकर बस बैठती है इतने उसके फोन की घंटी बजती है... पब्लिशर का ही फोन था। वो बोलता है मैम एक कापी पहले आपको ईमेल कर रहे है आप उसे पढ लिजिए और चौक कर लिजिए। फिर आगे की प्रक्रिया शुरू करेगे। जूही झट से बोलती है ठीक है आप भेजिए मै आज ही चेक करके बताती हूं। फटाफट जूही घर का शाम का खाना तैयार करके रख देती है फिर लेपटाप खोलकर अपनी किताब पढना शुरु करती है..... किताब का आगे पन्ना जिसपे नाम लिखा था उस किताब का.... आकाशगंगा... सपनो के सितारो की........ देखकर जूही को अलग सी खुशी होती है। वो बहुत उत्साहित थी अपनी किताब को लेकर। फिर आगे और धीरे धीरे सारे एक के बाद एक पन्ने पढना शुरू करती है। पढते हुए लग रहा था जैसे वो किताब नही खुदको ही पढ रही थी। अनिल तान्या रोहण पराग सब बोलते है कि वो भी पढना चाहते है। पर जूही मना करती है। तुम लोग बाद मे पढना। पब्लिशर को जूही फोन पर बोल देती है किताब को लेकर की सब ठीक है।

अब जूही के मन मे डर और बैचेनी थी। उसे लग रहा था अब उसकी किताब लोगो के सामने आएगी पता नही कैसी लगे सबको। क्या समीक्षा रहेगी । सबसे पहले बुक फेयर आयोजित किया जाता है जहा उस समय प्रकाशित सभी किताबो को उनके

लेखक के साथ लोगो को मिलवाया जाता है। जूही भी उस बुक फेयर मे जाती है।वहा जूही अपने बुक के कार्नर पर खडी थी। एक एक लोग आते उस बुक के बारे मे जूही से चर्चा करते। कुछ लोग बुक के साथ जूही का भी आटोग्राफ भी लेते। बहुत स्पेशल फील कर रही थी जूही। सब नया नया सा लग रहा था। इतनी आडियंस के सामने इंटरव्यू देना अपनी उपन्यास के बारे मे खुद के बारे मे लोगो को बताना। अब बस इंतजार था कि कितनी हिट होती है। क्या अपनी इस किताब के जरीये वो अपने बुने सपने कोई पूरे कर पाएगी। उस किताब के लिए पब्लिशर भी मेहनत करते है। उसका सोशल मीडिया और कई तरह से प्रचार करते है।और नतीजा..... हा नतीजा यही था कि दूर दूर तक जूही कि उपन्यास को बहुत सराहना मिलती है। एक से एक लोगो जैसे जैसे पता चलता है सब खरीदते है। कुछ लोग सोशल मीडिया के चैनल पर भी देखते है। जूही की किताब उसमे लिखे लेख उसकी मेहनत और जूही सब जगह छा जाते है। हर जगह गली नुक्कड पर इस किताब के चर्चे थे। लोग पसंद करते है। टेलिविज़न मोबाईल सब जगह ...आकाशगंगा... की चर्चा थी। जूही का ये सपना पूरा होता जिससे और सपने भी जुडे हुए थे।

जूही को बुक फेयर अवार्ड के लिए बुलाया जाता है। पराग के साथ जाती जूही के चेहरे पर आज अलग चमक थी। जिस आकाशगंगा को बरसो से वो आसमान मे देख रही थी आज उसकी मुठ्ठी मे थी। ऊपर आसमान की ओर देखती जूही को लग रहा था सपनो के सितारे जो कबसे मेरी आंखो से दूर आकाश मे सज रहे थे। अब मेरी मुठ्ठी मे कैद है। मै जब चाहू इन्हें पूरा कर सकती हूं।

www.ingramcontent.com/pod-product-compliance
Lightning Source LLC
LaVergne TN
LVHW061614070526
838199LV00078B/7284